光文社文庫

文庫書下ろし／長編時代小説

影忍び
日暮左近事件帖

藤井邦夫

KOBUNSHA

本書は、光文社文庫のために書下ろされました。

目次

江戸川橋
大塚
板橋宿へ
巣鴨
赤城明神
石切橋
神楽坂
江戸川
切支丹坂
御薬園
松平越前守屋敷
中山道
日光御成街道
小石川馬場
傳通院
小石川
神明宮
白山
駒込
小石川御門
水戸徳川家
春日町
水道橋
菊坂台町
駒込追分
千駄木
御弓町
神田川
本郷
加賀前田家
根津権現
道灌山
湯島聖堂
霊雲寺
日暮里
門前町
茅町
湯島天神門前町
不忍池
神田大明神
湯島天神
石神井用水
弁財天
妻恋坂
池之端仲町
根岸
谷中
下谷御成街道
東叡山寛永寺
下谷広小路
外神田
御徒町
入谷鬼子母神
（真源院）
三味線堀
幡随院
下谷三之輪町
千住大橋
浅草天王町
甚内橋
鳥越明神
阿部川町
新吉原
新堀川
日本堤
鳥越橋
旅籠町
奥州街道
東本願寺
御米蔵
首尾の松
御蔵前通り
御蔵前
小塚原
浅草広小路
浅草寺
山谷町
御厩河岸之渡し
駒形町
新鳥越橋
山谷堀
雷門
浅草駒形堂
花川戸町
聖天町
吾妻橋
竹町之渡し
今戸橋
今戸町
白鬚之渡し
隅田川
源兵衛橋
瓦町
中之郷
水戸藩下屋敷
竹屋之渡し
三囲稲荷
向島墨堤
長命寺
木母寺
隅田村
北割下水
源森川
小梅村
法恩寺橋
横川
業平橋
寺島村

伝馬町
平川町
西谷御門
赤坂
麹町
市谷
赤坂御門
御納戸町
市谷御門
氷川明神
善國寺
若宮八幡宮
溜池
牛込御門
番町
千鳥ヶ淵
半蔵御門
田安御門
虎之御門
西之御丸
清水御門
新シ橋
外桜田御門
雉子橋御門
和田倉御門
江戸城
南町奉行所
一橋御門
猿楽町
幸橋
土橋
数寄屋橋御門
北町奉行所
神田橋御門
汐留橋
呉服橋御門
常盤橋御門
鎌倉河岸
駿河台
銀座町
三十間堀川
竜閑橋
昌平橋
数寄屋町
鍛冶町
木挽町
京橋
筋違御門
一石橋
今川橋
西本願寺
弾正橋
室町
和泉橋
下谷練塀小路
日本橋
内神田
組屋敷
楓川
雲母橋
伊勢町
佐久間河岸
南八丁堀
八丁堀
組屋敷
八丁堀
江戸橋
大伝馬町
小伝馬町
亀井町
鎧ノ渡し
西堀留川
柳原土手
公事宿巴屋
中之橋
日本橋川
小網町
馬喰町
公事宿巴屋の寮
稲荷橋
亀島川
緑橋
両国広小路
鉄砲洲
高橋
一ノ橋
新川
南新堀町
汐見橋
千鳥橋
浅草御門
浅草橋
佃島
霊巌島
二ノ橋
箱崎町
行徳河岸
箱崎川
浜町堀
米沢町
石川島
永久橋
薬研堀
柳橋
両国橋
熊井町
永代橋
新大橋
大川
佐賀町
今川町
上之橋
一ツ目之橋
回向院
大島町
万年橋
六間堀
御竹蔵
油堀
海辺大工町
本所
越中島
亥ノ口橋
富岡橋
高橋
二ツ目之橋
林町
蓬莱橋
富岡八幡宮
仙台堀
海辺橋
小名木川
五間堀
南割下水
亀久橋
霊巌寺
深川
竪川
西
北
東
南
吉岡橋
三ツ目之橋
木場
土浦藩下屋敷
崎川橋
新高橋
大横川
0
500m

主な登場人物

日暮左近 元は秩父忍びで、瀕死の重傷を負っているところを公事宿巴屋の主・彦兵衛に救われた。いまは巴屋の出入物吟味人。

彦兵衛 馬喰町にある公事宿巴屋の主。瀕死の重傷を負っていた左近を巴屋の出入物吟味人として雇い、巴屋に持ち込まれる公事の調べに当たってもらっている。

おりん 公事宿巴屋の主・彦兵衛の姪。浅草の油問屋に嫁にいったが夫が亡くなったので、叔父である彦兵衛の元に転がり込み、巴屋の奥を仕切るようになった。

房吉 巴屋の下代。彦兵衛の右腕。

清次 巴屋の下代。

お春 巴屋の婆や。

嘉平 柳森稲荷にある葦簀張りの飲み屋の老亭主。元は、はぐれ忍び。今は抜け忍や忍び崩れの者に秘かに忍び仕事の周旋をしている。

榊原直孝 美濃国岩倉藩藩主。

早川織部 岩倉藩国家老。

早川沙織 岩倉藩国家老・早川織部の娘。

宮本嘉門 岩倉藩江戸家老。

桂木左馬之助 岩倉藩近習頭。

北島京一郎 岩倉藩近習。

風間弥十郎 岩倉藩目付。

竹腰正純 尾張藩付家老。

黒沢主水正 尾張藩総目付。

如月兵衛 尾張裏柳生の忍び。

烏坊 秩父忍び。

猿若 秩父忍び

影忍び

日暮左近事件帖

第一章　密使の女

一

殺気が湧いた。
公事宿《くじやど》『巴屋《ともえ》』の出入物吟味人《でいりものぎんみにん》の日暮左近《ひぐらしさこん》は立ち止まり、往来の先の闇を窺《うかが》った。
何者かが斬り合っている……。
左近は、往来の先の闇を見詰めた。
殺気が閃《ひらめ》いた。
左近は、闇に向かって地を蹴った。

旅姿の若侍は、振り向き様《ざま》の一刀を放った。

閃光が走った。

斬り掛かった旅姿の武士は胸を斬られ、血を飛ばして大きく仰《の》け反《ぞ》った。

旅姿の若侍は走った。

三人の旅姿の武士は、慌《あわ》てて追った。そして、旅姿の若侍に追い縋《すが》り、斬り付けた。

旅姿の若侍は、必死に躱《かわ》した。

血が飛んだ。

旅姿の若侍は、左肩を斬られて体勢を崩しながらも懸命に刀を構えた。

旅姿の武士が刀を振るった。

甲高《かんだか》い音が鳴り、旅姿の若侍の刀が叩き落とされた。

「此《こ》れ迄《まで》だ……」

三人の旅姿の武士は、旅姿の若侍を取り囲んだ。

「密書を渡して貰《もら》おうか……」

旅姿の武士は、若侍に迫った。

「知らぬ……」

旅姿の若侍は、嗄《しやが》れ声で吐き棄てた。
「おのれ……」
旅姿の武士は、旅姿の若侍の頰《ほお》を張り飛ばした。
旅姿の若侍は倒れ込んだ。
「ならば、殺して奪う迄だ」
旅姿の武士は、刀を上段に翳《かざ》した。
刹那《せつな》、拳《こぶし》大の石が飛来して旅姿の武士の顔面を鋭く打った。
旅姿の武士は昏倒《こんとう》した。
残る二人の旅姿の武士は怯《ひる》んだ。
左近が闇から現れ、二人の旅姿の武士を蹴り飛ばし、殴り倒した。
三人の旅姿の武士は気を失った。
一瞬の出来事だった。
左近は、左肩から血を流して倒れている旅姿の若侍の様子を見た。
旅姿の若侍は気を失っているが、息は確かだった。
放ってはおけぬか……。
左近は、旅姿の若侍を担ぎ上げた。

妙に軽かった。

左近は、微かな戸惑いを覚えながら周囲の闇を見廻した。

人の潜んでいる気配はない……。

左近は見定め、旅姿の若侍を担いで夜の道に走り出した。

夜風が鳴った。

潮騒《しおさい》が響いていた。

鉄砲洲波除稲荷《てっぽうずなみよけいなり》の境内では、赤い幟旗《のぼりばた》が夜風に揺れていた。

左近は、旅の若侍を担いで鉄砲洲波除稲荷の脇の公事宿『巴屋』の寮に入った。

左近は、行燈《あんどん》に火を灯《とも》して蒲団《ふとん》を敷き、気を失っている若侍を俯《うつぶ》せに寝かせた。

若侍の斬られた左肩は、血に染まっていた。

左近は、湯を沸かし、焼酎や薬、治療の道具を出した。そして、二つの燭台《しょくだい》を灯し、若侍の左肩を照らした。

よし……。

左近は、若侍の左肩の血に濡れている着物を剝《は》いだ。

血に汚れた左肩が露《あら》わになった。

左近は、濡らした布で血を拭き取り、傷口を洗った。

左の肩口から背に掛けての傷は五寸程の長さで、深くはなかった。

浅手《あさで》だ……。

左近は、傷口を焼酎で洗って秩父忍《ちちぶしの》び秘伝の傷薬を塗り、小さく縫った。そして、晒布《さらしぬの》を巻こうとした時、若侍の胸が固く膨らんでいるのに気が付いた。

やはり……。

左近は、担いだ時の軽さ、肌の美しさと柔らかさに男ではないものを感じていた。

女か……。

左近は、構わずに肩から晒布を巻き、傷の治療を終えた。

若侍姿の女は、旅に疲れているのか眠り続け、気を取り戻す事はなかった。

何処《どこ》から来たのかは分からないが、追手《おって》に追われた急ぎ旅であり、疲れ果てたのかもしれない。

左近は、二つの燭台の火を消した。

密書……。

左近は、若侍に斬り掛かった旅姿の武士の言葉を思い出した。

若侍に形《なり》を変えた娘は、密書を運んでいたのか……。

左近は、若侍に扮した娘の持ち物を検《あらた》めた。

紙入れ、巾着、懐紙、薬……。

僅《わず》かな荷物に密書はなく、身許を明らかにする物も何一つ持ってはいなかった。

ま、良い……。

左近は、眠る若侍姿の娘を残して座敷から出て行った。

行燈の明かりは瞬《またた》いた。

左近は、無明刀《むみょうとう》を手にして外に出て、周囲を窺った。

公事宿『巴屋』の寮の周囲には、殺気は勿論《もちろん》、人が潜んでいる気配もなかった。

潮騒が響き、汐《しお》の香りが漂った。

翌朝。

若侍姿の娘は気が付き、眼を覚ました。

娘は、手当てを受けて眠っていたのに気が付き、戸惑い慌てた。

「やあ、気が付いたか……」

障子の向こうの廊下に男が現れ、雨戸を開けた。

日差しが障子に眩《まぶ》しく溢《あふ》れた。

左近は、障子を開けて座敷に入ってきた。

若侍姿の娘は、慌てて起きようとして顔を顰《しか》めた。

「無理をするな。傷口が開く……」

左近は、静かに告げた。

「お助けいただきましたか……」

若侍姿の娘は、左近に探る眼差しを向けた。

「うむ。偶々《たまたま》通り掛かってな」

左近は微笑んだ。

「忝《かたじけの》うございました」

若侍姿の娘は、左近に深々と頭を下げた。

「礼には及ばぬ、浅手だ。昨夜は熱が出たが、既に下がった。後は傷口が塞《ふさ》がれば直ぐに動けるだろう」

左近は告げた。

鷗《かもめ》の鳴き声が響いた。

「はい。此処《こ こ》は……」

若侍姿の娘は、怪訝《けげん》に家の中を見廻した。

「此処は鉄砲洲波除稲荷傍《そば》の公事宿巴屋の寮だ……」

「公事宿巴屋……」

「うむ。私は巴屋の出入物吟味人の日暮左近。おぬしは……」

左近は、若侍姿の娘を見詰めた。

「私は……」

若侍姿の娘は口籠《くちご》もった。

「女だというのは知れている。で、追われている事もな。名だけでも教えてくれ」

左近は笑い掛けた。

「沙織《さおり》と申します……」

若侍姿の娘は、片手を突いて名乗った。

「沙織どのか……」

「はい……」

沙織は頷《うなず》いた。

「して、江戸の何処に行かれる」

「あ、愛宕下《あたごした》です」

沙織は告げた。

「愛宕下……」

「はい。溜池《ためいけ》とか申す池の近くです」

「愛宕下、溜池の傍……」

左近は、愛宕神社とその下の大名屋敷の連なりと、溜池の輝きを思い浮かべた。

「はい……」

「愛宕下と申せば、大名屋敷が多くある処《ところ》だが……」

左近は、沙織を見詰めた。

「そうですか……」

沙織は、微《かす》かに狼狽《うろた》えた。

「うむ……」

左近は頷き、沙織を尚も見詰めた。

愛宕下のそこは、沙織が初めて行く処なのだ。

左近は読んだ。

沙織は、堪《こら》え切れないように俯《うつむ》いた。

「まあ、少し休むが良い……」

左近は、笑い掛けて座敷から出て行った。

沙織は蒲団に横たわり、小さな吐息を洩らして眼を瞑《つむ》った。


沙織は、国許《くにもと》から江戸屋敷に来た大名家の者なのだ。

その役目は密書を届ける事であり、敵対している者たちに追われているのだ。

左近は読んだ。

沙織が拘《かか》わっているのは、大名家家中での争いなのか、それとも大名家間の争いなのか……。

左近は、事態を読もうとしている己に気が付いた。

まあ、良い。自分とは拘わりのない事なのだ……。

左近は、己を嘲《あざけ》る笑みを浮かべた。

陽は西に傾き、江戸湊《みなと》は煌《きら》めいた。

鉄砲洲波除稲荷の境内には、潮風が吹き抜け、鷗が舞い飛んでいた。

左近は、訪れた公事宿『巴屋』下代《げだい》の清次《せいじ》を鉄砲洲波除稲荷の境内に誘った。

「そうでしたか。いえ。左近さんが昼になっても顔を出さないってんで、おりんさんが心配して、見て来いと……」

清次は苦笑した。

「そいつは面倒を掛けたな」

「いえ。そうですか、昨夜、若衆《わかしゅ》姿の旅の武家娘を助けたんですか……」

清次は尋ねた。

「うむ。追手の者共《ものども》に斬られていたのでな……」

「で、寮に……」

境内の外に見える公事宿『巴屋』の寮を眺めた。

「うむ。寝ている筈《はず》だが、おそらく密かに出て行くだろうな」

左近は読み、苦笑した。

「密かに。何処に行くんですか……」

清次は、怪訝な眼を向けた。

「愛宕下は何処かの大名屋敷だ……」

左近は、己の睨《にら》みを告げた。

「何処かの大名屋敷ですか……」

「うん……」

左近は、公事宿『巴屋』の寮を窺った。

寮の格子戸《こうしど》が開いた。

左近は苦笑した。

「左近さん……」

清次は緊張した。

「うん。睨み通りだ」

左近は、寮の開いた戸口を見詰めた。

若侍姿の沙織が現われた。

左近は見守った。

沙織は、辺りを油断なく見廻し、不審がないと見定めて八丁堀《はっちょうぼり》に架かる稲荷橋に向かった。

「どうします……」

清次は眉をひそめた。

「愛宕下に辿《たど》り着けるかどうか、見届ける」

「じゃあ、お供しますよ」

左近と清次は、沙織を追った。

八丁堀の南側の道を進むと、三十間堀《さんじつけんぼり》に架かる真福寺《しんぷくじ》橋に出る。真福寺橋を渡り、尚も進むと京橋《きょう》の通りに出る。

京橋の通りを南に進むと、溜池から続く川があって芝口《しばぐち》橋が架かっている。

その芝口橋を渡り、西に入ると愛宕下大名小路《こうじ》になり、その先に溜池がある。

沙織は、行き交う者に道を尋ねながら進み、外濠《そとぼり》沿いを溜池に向かった。

その後ろ姿には、左肩を庇《かば》う様子が感じられた。

傷口が開いたり、再び血が出ている気配はない……。

左近は読み、尾行《つけ》た。

清次が続いた。

沙織は、幸《さいわい》橋御門の南詰で大名家の中間《ちゅうげん》を呼び止め、何事かを尋ねた。

中間は、溜池の方を指差しながら何事かを告げた。

沙織は、中間に礼を云って明地《あきち》に進んだ。

「何を尋ねたか、訊《き》いてきます」

清次は、やって来る中間に駆け寄った。

左近は、沙織を追った。

沙織は、幸橋御門の南詰から明地に差し掛かった。

左近は尾行た。

清次が追い掛けてきた。

「佐久間《さくま》小路の美濃《みの》国岩倉《いわくら》藩の江戸上屋敷が何処か、尋ねたそうですぜ」

清次は告げた。

「美濃国岩倉藩江戸上屋敷……」

左近は、沙織の行き先を知った。そして、沙織が美濃国岩倉藩の者だと読んだ。

沙織は、明地の脇に差し掛かった。

数人の武士が明地から現れた。その中には、昨日の夜に沙織を襲った者もいた。

沙織は、気が付いて立ち止まった。

「何処に逃げようが、最後は江戸上屋敷に来るしかない……」

昨夜いた武士は、嘲りを浮かべた。

沙織は後退《あとずさ》りした。

武士たちは、沙織を素早く取り囲んだ。

「さあ、密書を渡して貰おう……」

「そのような物はない……」

沙織は、声を震わせた。

「偽りを申すな。お前が岩倉の国家老《くにがろう》の密使だというのは知れているのだ」

武士は、沙織に迫った。

沙織は身を翻《ひるがえ》した。

武士たちは、沙織に摑《つか》み掛かった。

刹那《せつな》、左近が摑み掛かろうとした武士の前に現れ、蹴り飛ばした。

武士は、仰向けに飛ばされた。

左近は、沙織を庇って立った。

「ひ、日暮さま……」

沙織は驚いた。

「行くぞ……」

左近は、沙織を一方に促した。

「おのれ……」

武士たちは、左近と沙織に襲い掛かった。

左近は、容赦なく殴り、蹴り、鋭く投げを打った。

武士たちは左近の相手ではなく、激しく叩きのめされた。

左近は、沙織を連れて走った。

武士たちは、必死に追い掛けようとした。

「待て……」

頭《かしら》分の武士が止めた。

「無念だが、此れ迄だ……」

頭分の武士は、悔し気に告げた。

「では……」

「引き上げる……」

頭分の武士は命じ、踵《きびす》を返した。

配下の武士たちは続いた。

物陰から清次が現れ、引き上げる武士たちを追った。

愛宕下佐久間小路には、大名家の江戸上屋敷が連なっていた。

左近が沙織を連れて来て、ある大名屋敷の前で立ち止まった。

「此処は……」

沙織は、表門を閉めている大名屋敷を見上げた。

「美濃国岩倉藩の江戸上屋敷だ……」

左近は告げた。

「日暮さま……」

沙織は、左近が自分の行き先を知っていた事に戸惑った。

「さあ、早く行くが良い……」

左近は笑った。

「は、はい。一度ならず二度迄もお助け頂きまして、本当に忝うございました」

沙織は、左近に礼を述べて足早に岩倉藩江戸上屋敷の表門脇の潜り戸に向かった。

そして、潜り戸を叩いた。

潜り戸の覗き窓が開いた。

「国許から早川《はやかわ》沙織が参りました」
沙織は、潜り戸の向こうの番士《ばんし》に名乗った。
潜り戸が開いた。
沙織は、左近に深々と頭を下げて岩倉藩江戸上屋敷に入った。
左近は見届けた。
岩倉藩の早川沙織……。
左近は知った。
殺気……。
左近の五感が緊張した。
殺気は、岩倉藩江戸上屋敷から湧いていた。
おそらく、岩倉藩家中の者共が沙織が襲われた事実を知り、警戒を厳しくしたのだ。
左近は苦笑し、岩倉藩江戸上屋敷の前から離れた。
江戸湊は煌めき、幾艘《そう》かの千石船《せんごくぶね》が停泊していた。
沙織を襲った武士たちは、外濠から汐留《しおどめ》川沿いを抜けて三十間堀の合流地に架かっている汐留橋を渡り、豊前《ぶぜん》国中津《なかつ》藩江戸上屋敷の前を通って掘割に架かる橋に進んだ。

清次は尾行た。

武士たちは、掘割に架かっている橋を渡り、大名屋敷に入った。

清次は見届けた。

さあて、何処の大名の屋敷なのか……。

清次は、聞き込む相手を探した。

潮の香りが漂い、鷗が煩《うるさ》いほどに飛び交った。


日本橋馬喰町《にほんばしばくろちよう》の公事宿『巴屋』には、既に主の彦兵衛《ひこべえ》や下代の房吉《ふさきち》が依頼人と共に役所から戻っていた。

「邪魔をする」

左近は、愛宕下からやって来た。

「あら、いらっしゃい……」

彦兵衛の姪のおりんは、左近を迎えた。

「やあ……」

「どうしたの。何かあったの……」

おりんは尋ねた。

「うむ。昨夜、斬られた旅の若侍を助けてな」

左近は告げた。

「まあ……」

おりんは眉をひそめた。

「で、その若侍、武家の娘だった……」

左近は苦笑した。

「えっ。武家の娘……」

おりんは戸惑った。

「うむ。彦兵衛の旦那は仕事部屋だな……」

左近は、框《かまち》に上がって彦兵衛の仕事部屋に向かった。

二

左近は、公事宿『巴屋』主の彦兵衛、下代の房吉、おりんに昨夜からの出来事を詳しく話した。

「その早川沙織さま、美濃国岩倉藩の御家中の方でしたか……」

彦兵衛は眉をひそめた。

「ええ……」

「じゃあ、その沙織さま、若衆姿に形を変えて美濃岩倉から江戸に来たの……」

おりんは、戸惑いを浮かべた。

「追われながらな……」

「追手が狙っているのは密書ですか……」

房吉は尋ねた。

「うん。だが、私が検《あらた》めた限り、沙織どのは密書らしき物は持っていなかった」

左近は告げた。

「じゃあ、追手の勘違いですか……」

房吉は、左近の睨みを訊いた。

「いや。沙織どのが密使であり、密書なのかもしれぬ」

左近は読んだ。

「成《な》る程《ほど》……」

彦兵衛は頷いた。

「それにしても追手は、何処の奴らなんですかね……」

房吉は眉をひそめた。

「そいつは、もうじき分かる筈です」

左近は、小さな笑みを浮かべた。

「只今、戻りました」

襖の外に清次の声がした。

「おう、入んな」

彦兵衛は告げた。

「はい……」

清次が入って来た。

「どうだった……」

左近は尋ねた。

「分かりましたよ。奴らの素性《すじょう》……」

清次は笑った。

「何処の奴らでした……」

「はい。奴ら、築地《つきじ》は浜御殿《はまごてん》の隣にある尾張《おわり》藩江戸下屋敷に入って行きましたよ」

清次は告げた。

「築地の尾張藩江戸下屋敷……」

左近は眉をひそめた。

「ええ。奴ら、尾張藩家中の者共に違いありませんよ」

「尾張藩か……」

左近は知った。

彦兵衛は、地図を広げた。

「美濃岩倉藩と尾張藩ですか……」

彦兵衛は、地図の上の尾張藩と美濃国岩倉藩を見た。

尾張藩と美濃岩倉藩は、国境を接した隣国同士だった。

「隣同士の藩か……」

左近は知った。

「ええ。尾張藩が岩倉藩に何かを仕掛け、沙織さまが江戸上屋敷にいるお殿さまに密かに報せに来ましたか……」

彦兵衛は読んだ。

「尾張藩の追手が掛かると睨み、若衆姿に形を変えてね。ま、そんなところね。うん……」

おりんは、己の言葉に頷いた。

「それで、左近さん。どうするんですか……」

彦兵衛は訊いた。

「ま。別に力を貸してくれと頼まれた訳ではありません。此れ迄の話です」

左近は笑った。

「何だ、そうなんですか……」

清次は落胆した。

「清次……」

房吉は苦笑した。

「はい。すみません……」

清次は詫びた。

「それにしても、御三家筆頭の尾張藩六一万石と僅か二万石《ごく》の外様《とざま》の岩倉藩、何があるのか……」

彦兵衛は、楽しそうな笑みを浮かべた。

「ええ。面白そうですね」

房吉は笑った。

「うん。尾張藩と岩倉藩、比べようもない大藩と小藩にどんな拘わりがあるのか、ちょいと集めてみるか……」

彦兵衛は、房吉に笑い掛けた。

「良いですね……」

房吉は頷いた。

「探るのですか……」

左近は尋ねた。

「いいえ。ちょいと噂話を集めてみるだけですよ……」

彦兵衛は笑った。

「そうですか……」

左近は苦笑した。

八丁堀は楓川《もみじがわ》から江戸湊迄の八丁に渡る川の流れを掘割に開鑿《かいさく》したものであ

り、艀《はしけ》が行き交っていた。
左近は、月影の揺れる八丁堀の流れ沿いを東に進んだ。
行く手に八丁堀に架かっている稲荷橋があり、鉄砲洲波除稲荷が見えた。
左近は進み、稲荷橋に差し掛かった。
不意に殺気が投げ掛けられた。
左近は立ち止まり、殺気の投げ掛けられた稲荷橋の暗がりを窺った。
殺気は消えていた。
面白い……。
左近は苦笑し、稲荷橋に進んだ。
覆面をした武士が、稲荷橋の袂《たもと》から現れた。
「殺気を消して誘う小細工、何者だ……」
左近は苦笑した。
覆面の武士は、ゆっくりと左近に近付いて抜き打ちの一刀を放った。
閃光が左近に襲い掛かった。
刹那、左近は跳び退《の》いて躱した。
覆面の武士は、刀を構えて左近に迫った。

左近は、音もなく無明刀《むみようとう》を抜き払った。
無明刀は、月明かりを受けて鈍色《にびいろ》に輝いた。
左近は微笑んだ。
覆面の武士は緊張し、刀の鋒《きつさき》を僅かに揺らした。
左近は、無明刀を無造作に提《さ》げ、覆面の武士に向かって踏み出した。
覆面の武士は、刀を構えたまま後退し、身を翻した。
左近は立ち止まった。
覆面の武士は、稲荷橋を渡って八丁堀の南側の道に逃げ去った。
左近は、苦笑して見送った。
覆面の武士は、おそらく早川沙織に事情を聞いた岩倉藩の者なのだ。
日暮左近とは何者なのか突き止める……。
それが、覆面の武士の役目だったのだ。
覆面の武士は、それなりの剣の遣《つか》い手《て》だが、左近に敵《かな》うものではなかった。
左近は、周辺の闇を窺った。
周辺の闇には殺気は勿論、人の潜んでいる気配はなかった。
左近は、稲荷橋を渡って鉄砲洲波除稲荷の前に出た。

鉄砲洲波除稲荷と公事宿『巴屋』の寮には不審な事は窺えなかった。

左近は見定めた。

やはり、岩倉藩は左近の素性を見極めようとしているだけであり、害を加える意図はないのだ。

睨み通りだ……。

左近は苦笑した。

潮の香りは揺れもせずに漂っていた。

美濃国岩倉藩は山国であり、田畑の少ない僅か二万石の貧しい藩だった。

御三家筆頭で六一万石の尾張藩からすれば、取るに足らない小藩だ。

その両藩に何があるのか……。

左近は、推し量った。

早川沙織は、岩倉藩に起こった緊急事態を江戸にいる藩主榊原直孝《さかきばらなおたか》に報せに来た。

尾張藩は、それを食い止めようと追手を放ったのだ。

もしそうなら、尾張藩が岩倉藩に何かを仕掛けた事になる。

大藩が小藩に何を仕掛けたのだ。

尾張藩が岩倉藩を呑み込み、支配下に置こうとしているのか……。

尾張藩は岩倉藩を支配し、属国にしようとしているのかもしれない。

だが、貧しい山国の岩倉藩を支配して尾張藩に得になる事はあるのか……。

左近は戸惑った。

何《いず》れにしろ、岩倉藩は一刻も早く公儀《こうぎ》に訴え出るべきなのだ。そして、尾張藩は岩倉藩の動きを監視している筈だ。

よし……。

左近は、それを見定めることにした。

溜池は日差しに煌めき、小鳥の囀《さえず》りが飛び交っていた。

愛宕下の岩倉藩江戸上屋敷は、表門を閉じて静寂に覆われていた。

左近は眺めた。

岩倉藩江戸上屋敷には、家来たちが厳しく警戒している気配が漂っていた。

左近は、それとなく周囲を見廻した。

密かに見張っている者の気配がした。

尾張藩の者……。

左近は、密かに見張っている者に嘲笑を浴びせ、溜池に向かった。

見張っている者たちの動く気配がした。

溜池の馬場には小鳥の囀りが響いていた。

左近は立ち止まり、振り返った。

五人の編笠《あみがさ》を被った武士が現れた。

「何か用か……」

左近は、編笠を被った武士たちを見廻した。

「おぬし、何者だ……」

編笠を被った武士の一人が進み出た。

「おぬしたちは……」

左近は訊き返した。

「ふざけるな……」

編笠の武士は身構えた。

「他人に名を訊く時は、先《ま》ず己が名乗るものだと尾張藩では教えぬのか……」

左近は冷笑した。

「何……」

編笠の武士は、己の素性が知れているのに狼狽《うろた》えた。

「尾張藩の者が何故、岩倉藩江戸上屋敷を見張る……」

左近は、編笠の武士を厳しく見据えた。

多くの小鳥が、木々の梢《こずえ》から羽音を鳴らして一斉に飛び立った。

「おのれ……」

編笠の武士たちは、殺気を漲《みなぎ》らせて左近に殺到した。

次の瞬間、左近は手許を輝かせながら腰を僅かに沈めた。

ずん……。

先頭の編笠の武士は、刀を上段に構えたまま仰向けに斃《たお》れた。

額が編笠ごと真っ向から斬られていた。

左近は、残心《ざんしん》の構えの中腰から背筋を伸ばし、無明刀を無造作に提《さ》げた。

無明刀の鋒から血が滴り落ちた。

「容赦はせぬ……」

左近は薄く笑った。

編笠の武士たちは、猛然と左近に斬り掛かった。

左近は、無明刀を閃かせた。

閃光が縦横に走り、編笠の武士たちが次々と血を飛ばして倒れた。

左近は、声を掛けて来た編笠の武士に無明刀を突き付けた。

「尾張藩は岩倉藩をどうするつもりだ……」

「黙れ……」

編笠の武士は、必死に斬り付けた。

左近は躱《かわ》し、編笠の武士の刀を弾き飛ばした。

「尾張藩は何を企《くわだ》てているのだ……」

左近は、編笠の武士の喉に刀を突き付けた。

「し、知らぬ……」

編笠の武士は顎《あご》を上げた。

「死ぬ気か……」

左近は苦笑し、無明刀の鋒で編笠の武士の喉を微かに突いた。

「云う。云うから刀を引いてくれ……」

編笠の武士は、嗄れ声を震わせた。

「よし。聞かせてもらおう……」
左近は、無明刀を引いた。
刹那、背後に鋭い殺気が湧いた。
左近は、咄嗟《とっさ》に地を蹴って跳んだ。
十字手裏剣が左近がいた処を飛び抜け、編笠の武士の喉に突き刺さった。
編笠の武士は、眼を瞠《みは》って苦しく呻《うめ》き、崩れ落ちた。
忍びの者……。
左近は、地に下りて身構え、辺りを窺った。
忍びの者は、既に消えていた。
左近は見定め、編笠の武士の喉に突き刺さっている十字手裏剣を抜いて改めた。
見覚えがあるような、ないような……。
左近は、十字手裏剣が何処の忍びの使う物か分からず、懐紙に包んで馬場を後にした。
馬場には小鳥が舞い戻り、再び賑やかに囀り始めた。
神田川《かんだがわ》の流れに月影は揺れた。

柳原《やなぎわら》通りに人影はなかった。

左近は、暗がり伝いに柳原通りを進んで柳森《やなぎもり》稲荷に曲がった。

柳森稲荷の前は空地であり、昼間は露店が並ぶが、夜は葦簀《よしず》掛けの粗末な飲み屋が小さな明かりを灯すだけだった。

左近は、粗末な飲み屋の葦簀を潜った。

「おう。久し振りだな」

飲み屋の亭主の嘉平《かへい》が左近を迎えた。

「邪魔をする」

嘉平は、角樽《つのだる》の酒を湯呑茶碗に注いで左近に差し出した。

「下《くだ》り酒だぜ」

嘉平は、料理屋の燗冷《かんざ》ましや残り酒を格安で飲ませているが、左近には上等な酒を出していた。

「そうか……」

左近は、湯呑茶碗の酒を飲んだ。

「美味い……」

「だろう……」

嘉平は、嬉しそうな笑みを浮かべた。

左近は酒を飲んだ。

「で、何の用だい……」

嘉平は、小さな眼を輝かせた。

「うん……」

左近は、懐紙に包んだ十字手裏剣を見せた。

「何処の忍びの物かな……」

「見せてもらうよ」

嘉平は、十字手裏剣を手に取って見た。

元風魔《ふうま》忍びの嘉平は、はぐれ忍びとなって江戸市中に潜む者たちに密かに仕事を周旋《しゅうせん》しており、忍びの動きに詳しかった。

「こいつは裏柳生《うらやぎゅう》だな……」

嘉平は眉をひそめた。

「裏柳生……」

裏柳生の忍びなら、今迄に何度か闘っており、手裏剣にも見覚えがある筈だ。

だが、何処となく違っているのだ。

「裏柳生は裏柳生でも、尾張の裏柳生の忍びだ」

嘉平は告げた。

「尾張柳生か……」

左近は眉をひそめた。

〝尾張柳生〟とは、江戸柳生の祖、柳生宗矩《むねのり》の兄の子である柳生兵庫助利厳《ひょうごのすけとしよし》が尾張徳川家の剣術指南となり、尾張柳生の祖とされていた。

尾張柳生は、宗家《そうけ》である江戸柳生よりも剣の実力は上とされていた。

「ああ……」

嘉平は頷いた。

「そうか。尾張柳生にも裏柳生の忍びがいるのか……」

左近は知った。

「ああ、此の十字手裏剣の十字の穂先、江戸の裏柳生の物より細くなっている」

嘉平は、十字手裏剣の穂先を示した。

「そうか……」

左近は頷いた。

「尾張の裏柳生、江戸に現れたのか……」

「うむ。何か聞いていないか……」

「今のところは未だ……」

嘉平は、首を横に振った。

「そうか……」

「尾張の裏柳生が動いたとなると、尾張藩の為だが、さあて、何があるのか……」

嘉平は笑った。

「話を集めてくれるか……」

「良いとも……」

「頼む……」

左近は湯呑茶碗の酒を飲み干した。

神田川を行く船の櫓《ろ》の軋《きし》みは、夜空に甲高く響き渡った。


尾張藩は、市谷《いちがや》御門外に江戸上屋敷、麴町《こうじまち》十丁目に中屋敷、築地などに下屋敷がある。

築地の尾張藩江戸下屋敷は、潮騒と潮の香りに覆われていた。

左近は、豊前国中津藩江戸上屋敷の屋根に潜み、掘割越しに隣の尾張藩江戸下屋敷を窺った。

尾張藩江戸下屋敷は、表門内に番士たちが警戒をしているだけであり、特に厳しくはしていなかった。

早川沙織を愛宕下の明地で襲った武士たちは、尾張藩江戸下屋敷に入った。

大名家の江戸下屋敷は、藩主一族の別荘的な役割であり、普段は留守番役の僅かな人数の家来がいるだけだ。だが、岩倉藩と拘わっている者がいるなら、普段とは違う筈だ。

試してみる……。

左近は、拳大の石を尾張藩江戸下屋敷に投げて身を隠した。

拳大の石は、尾張藩江戸下屋敷の表御殿の屋根に飛び、転がって前庭に落ちた。

下屋敷の各所から忍びの者たちが現れ、拳大の石の落ちた前庭に集まった。

尾張裏柳生の忍び……。

やはり、下屋敷に尾張の裏柳生の忍びが潜んでいた。

左近は見定めた。

尾張裏柳生の忍びの者たちは、厳しい眼差しで辺りを窺って言葉を交わし、素早く四方に散り、結界《けっかい》を張った。

尾張裏柳生の結界……。

左近は苦笑した。

背の高い総髪《そうはつ》の武士が表御殿から現れ、屋敷に張られた結界を厳しい面持《おもも》ちで見廻した。

初老の武士が現れ、背の高い総髪の武士に声を掛けた。

何者だ……。

左近は眉をひそめた。

背の高い総髪の武士は頷き、初老の武士と表門脇の潜り戸に向かった。

表門の番士たちは、初老の武士と総髪の武士に挨拶をして潜り戸を開けた。

初老の武士と総髪の武士は、尾張藩江戸下屋敷を出て掘割に架かっている小橋に進んだ。

何処に行く……。

左近は、中津藩江戸上屋敷の屋根から跳び下りた。

三

尾張藩の初老の武士と総髪の武士は、京橋を抜けて数寄屋橋《すきや》御門から内濠《うちぼり》に進んだ。

左近は、塗笠《ぬりがさ》を目深《まぶか》に被って尾行《つけ》た。

初老の武士と総髪の武士は、内濠沿いを進み、日比谷《ひびや》御門や桜田《さくらだ》御門の袂を抜けた。

左近は、二人の行き先を読んだ。

此のまま内濠沿いを半蔵《はんぞう》御門に進み、麴町の通りを四ツ谷《よつや》御門傍の江戸中屋敷か、市谷御門傍の江戸上屋敷に行くのかもしれない。

左近は尾行た。

初老の武士と総髪の武士は、半蔵御門の前を麴町の通りに曲がった。

麴町の江戸中屋敷に行くのか……。

だが、麴町の江戸中屋敷から市谷御門外の江戸上屋敷は近い。

未だ見定められぬ……。

左近は、慎重に尾行た。

初老の武士と総髪の武士は、麴町の通りを四ツ谷御門に向かった。そして、麴町十丁目にある尾張藩江戸中屋敷に入った。

左近は見届けた。

尾張藩江戸中屋敷は、表門を閉じて静寂に覆われていた。

大名家にとって江戸中屋敷は下屋敷同様の役割だ。

初老の武士と総髪の武士は、その中屋敷に何しに来たのか……。

左近は、江戸中屋敷を窺った。

尾張藩江戸中屋敷には、尾張裏柳生の忍びの結界は張られているのか……。

左近は殺気を放った。

僅かな刻が過ぎた。

江戸中屋敷の御殿の屋根や土塀に忍びの者は現れなかった。

尾張裏柳生の結界は張られていない……。

左近は見定めた。

よし……。

左近は、江戸中屋敷の外濠側に廻った。そして、人通りが途絶えたのを見計らい、土塀に跳んで江戸中屋敷の内に消えた。

尾張藩江戸中屋敷の警戒は緩《ゆる》く、長閑《のどか》な気配が漂っていた。

左近は、連なる土蔵の脇から走り出て内塀《うちべい》を跳び越え、表御殿の庭の植え込みの陰に忍んだ。

庭の先の表御殿には座敷が並んでいた。

左近は、並ぶ座敷を窺った。

座敷の一室では、肥《ふと》った武士が書類を読んでいた。

初老の武士と総髪の武士は、家臣に誘われて廊下をやって来た。

肥った武士に逢いに来た……。

左近は見定めた。

初老の武士と総髪の武士は、肥った武士のいる座敷に入った。

家来は、障子を閉めて立ち去った。

左近は、植え込みの陰から並ぶ座敷の縁の下に走り込んだ。

縁の下は、格子が組まれて奥への侵入を阻んでいた。

左近は、格子を蹴破って奥に入り、肥った武士の座敷の下に進んだ。

「そうか。岩倉藩の密使、愛宕下の江戸上屋敷に入ったか……」

頭上から男の声がした。

左近は、素早く己の気配を消して耳を澄ませた。

「うむ。得体《えたい》の知れぬ武士が現れ、邪魔をしたとか……」

初老の武士は、悔し気に告げた。

「竹腰《たけのこし》さま、得体の知れぬ武士、おそらく忍びの者かと思われます」

総髪の武士は読んだ。

「忍びの者だと……」

竹腰と呼ばれた肥った武士は、細い眼を光らせた。

「はい……」

総髪の武士は頷いた。

「兵衛《ひょうえ》、間違いないのだな」

「はい。岩倉藩が雇った者か、それとも何か拘わりのある者……」

兵衛と呼ばれた総髪の武士は頷いた。

「そうか。して黒沢《くろさわ》、どうする……」

竹腰は、初老の武士を見詰めた。

「竹腰さま、得体の知れぬ忍びの者を雇おうが、たかが二万石の岩倉藩。いざとなれば国境を侵したとでも言い掛かりを付けて踏み潰す迄の事……」

黒沢と呼ばれた初老の武士は、大藩の威を笠に岩倉藩を侮り、見下した。

「ま。何《いず》れにしろ、一刻も早く事を進め。岩倉藩の……」

竹腰は、二重顎に埋もれた首を伸ばした。

刹那、兵衛が竹腰の前に手を伸ばして遮った。

竹腰は、喉を鳴らして言葉を呑んだ。

黒沢は眉をひそめた。

兵衛は片膝立ちになり、刀を抜いて畳に突き刺した。

人の気配が揺れた。

兵衛は、刀を畳から抜き、素早く障子を開けて縁側に出た。

塗笠を被った男が、庭の横手の内塀に向かって跳んだ。

兵衛は、十字手裏剣を投げた。

十字手裏剣は、塗笠の武士が跳んで消えた内塀に突き刺さった。

兵衛は縁側に立ち、指笛を甲高く鳴らした。

黒沢と竹腰が座敷から出て来た。

「兵衛……」

「おそらく、奴が得体の知れぬ忍びの者……」

兵衛は睨んだ。

「奴が……」

竹腰は眉をひそめた。

「兵衛、追わずとも良いのか……」

黒沢は眉をひそめた。

「既に……」

兵衛は苦笑した。

左近は、厩《うまや》の屋根から土塀の外の外濠沿いの道を窺った。

人通りはない……。

左近は跳び下り、何気ない素振りで喰違門《くいちがい》に進んだ。そして、喰違門を渡って赤坂《あかさか》に向かった。

中屋敷にいた肥った竹腰という武士は、尾張藩付家老《つけがろう》の竹腰正信《まさのぶ》の子孫であり、下屋敷から来た初老の武士は黒沢、総髪の武士は兵衛という名だった。

緑の下の左近に気が付いた兵衛は、おそらく尾張裏柳生の者に違いない。

左近は、外濠沿いの道に出た。

外濠沿いの道には、多くの人が行き交っていた。

左近は、塗笠を目深に被り直し、それとなく背後を窺った。

托鉢《たくはつ》坊主、行商人、お店者《たなもの》、大工箱を担いだ職人、武士……。

様々な者が、背後からやって来る。

此の中に尾張裏柳生の忍びの者がおり、素性を突き止めようと尾行《つけ》て来ている。

左近は読み、外濠溜池に進んだ。

溜池沿いの桐畑《きりばたけ》は、小鳥の囀りが飛び交っていた。

長閑なものだ……。

左近は立ち止まり、塗笠を上げて溜池を眺めた。

溜池は煌めいた。
左近は、眩し気に眼を細めた。
お店者と職人、武士たちが、左近の背後を通り過ぎて行った。
様々な者が行き交った。
通って行かないのは托鉢坊主と行商人……。
左近は見定め、振り返った。
托鉢坊主と行商人はいなかった。
桐畑に隠れたか……。
左近は睨んだ。
尾行て来た尾張裏柳生の忍びの者は、托鉢坊主と行商人なのだ。
よし……。
左近は苦笑し、来た道を戻った。
桐畑の緑が僅かに揺れ、煌めきが瞬いた。
左近は、煌めきに石を蹴り込んだ。
次の瞬間、桐畑から行商人が忍《しの》び刀《がたな》を構えて跳び出して来た。
左近は、鋭く踏み込んで苦無《くない》を行商人の腹に叩き込んだ。

行商人は、桐畑に倒れた。

左近は、行商人の落とした忍び刀を拾い、行く手の桐畑に投げ込んだ。

桐畑から托鉢坊主が現れ、左近に錫杖《しやくじよう》を振るった。

錫杖の石突《いしづき》から分銅《ふんどう》が鎖を伸ばし、左近に襲い掛かった。

刹那、左近は地を蹴って跳んだ。そして、托鉢坊主の饅頭笠《まんじゆうがさ》を被った頭を鋭く蹴った。

托鉢坊主は、饅頭笠を被った頭を大きく仰け反らせて桐畑に斃れた。

左近は、そのまま桐畑の奥に跳んで姿を消した。

一瞬の出来事だった。

溜池は煌めき、桐畑には小鳥が舞った。


「何か分かりましたか……」

公事宿『巴屋』主の彦兵衛は、訪れた左近に尋ねた。

「ええ。尾張藩の家臣に竹腰と黒沢、それに兵衛という名の者がいますが、何者か分かりますか……」

左近は訊いた。

「それなら良い物が手に入りましたよ」

彦兵衛は、一冊の書物を出した。

「此《こ》れは……」

「尾張藩家臣の武鑑《ぶかん》のような物ですよ。竹腰に黒沢ですか……」

彦兵衛は、書物を捲った。

「ええ。名は分かりません……」

「ああ、竹腰正純《まさずみ》。此れですね」

彦兵衛は、書物を読み始めた。

「竹腰家は付家老の家柄で、現当主の正純は江戸詰の家老の一人ですか……」

「江戸詰の家老の一人……」

左近は知った。

「ええ。それから、尾張の国許の総目付《そうめつけ》に黒沢主水正《もんどのしょう》という者がいますよ」

彦兵衛は告げた。

「黒沢主水正、国許の総目付ですか……」

「ええ。黒沢主水正、江戸にいるんですか……」

彦兵衛は頷いた。

「ええ。して、兵衛と申す者は……」

「重臣《じゆうしん》の中には、兵衛という名の者はいませんねえ……」

彦兵衛は眉をひそめた。

「いない……」

「ええ。重臣じゃあないのかもしれませんね。ま、詳しく調べてみますが……」

「お願いします」

左近は頼んだ。

〝兵衛〟なる者は、尾張裏柳生の者であり、公表されぬ立場なのかもしれない。もしそうなら、はぐれ忍びの嘉平に訊いた方が良いようだ。

左近は読んだ。

「それで左近さん、御三家の尾張藩が二万石の岩倉藩に対して何を企てているのか、分かりましたか……」

彦兵衛は訊いた。

「竹腰正純と黒沢主水正が中心にやっているようですが、未だ……」

左近は、首を横に振った。

「そうですか……」

「それにしても、岩倉藩二万石に尾張藩の欲しがるような物があるんですかねえ」

「ええ……」

彦兵衛は首を捻った。

「分からないのはそこですね」

左近は頷いた。

「で、岩倉藩はどうしているんですかね」

「そいつは、これからです」

左近は、今夜にでも岩倉藩に探りを入れてみる事にした。


神田川の流れに夕陽が揺れた。

柳森稲荷前の露店の古着屋、古道具屋、七味唐辛子売りは、店仕舞いを始めた。

左近は、露店の奥にある葦簀掛けの飲み屋に入った。

「おう。噂は未だ集まっていねえよ……」

飲み屋の主の嘉平が迎えた。

「そいつはいい……」

「じゃあ、何だい。下り酒だ」

嘉平は、湯呑茶碗に満たした酒を出した。

「尾張の裏柳生に兵衛という名の忍びの者はいるか……」

左近は尋ねた。

「兵衛……」

嘉平は眉をひそめた。

「ああ……」

「いるよ……」

嘉平は知っていた。

「何者だ……」

「尾張裏柳生の如月《きさらぎ》兵衛……」

嘉平は告げた。

「如月兵衛……」

左近は知った。

「ああ。尾張裏柳生の御館《おやかた》柳生玄無斎《げんむさい》が妾《めかけ》の一人に生ませた子だと聞く……」

嘉平は苦笑した。

「尾張裏柳生の御館柳生玄無斎の子、如月兵衛か……」

左近は、背の高い総髪の武士、兵衛の素性を知った。

「ああ……」

嘉平は、左近を見て小さく笑った。

「何だ……」

左近は戸惑った。

「聞くところによると、如月兵衛の背格好、お前さんに似ていると思ってな」

「そうか……」

左近は苦笑した。

日は暮れ、博奕《ばくち》に負けた者が早々と訪れた。

愛宕下岩倉藩江戸上屋敷は、見張番と見廻りを増やして警戒を厳しくしていた。

左近は、岩倉藩江戸上屋敷の周囲を窺った。

周囲には、尾張藩の者や尾張裏柳生の忍びの者が潜んでいる気配はなかった。

左近は、岩倉藩江戸上屋敷の横手の長屋塀《ながやべい》の屋根に跳んだ。

左近は、土蔵の屋根に潜んで江戸上屋敷内を見廻した。

岩倉藩江戸上屋敷は、表御殿と奥御殿に内塀が廻され、重臣屋敷、侍長屋や中間長屋の塀、土蔵、厩、作事《さくじ》小屋などが囲んでいた。

そして、内塀の角には見張りが立ち、見廻りが巡回していた。

忍びの者には無いも同然の警戒……。

左近は苦笑し、表御殿を窺った。

表御殿は、藩主一族の暮らす奥御殿と違って家臣たちが藩の政務を執る処《ところ》だ。

表御殿の座敷の一室が明るかった。

よし……。

左近は、見張りと見廻りの家来たちの隙《すき》を衝《つ》いて表御殿の屋根に大きく跳んだ。

左近は、表御殿の屋根に音もなく跳び下りた。そして、庭に跳び下りて素早く植え込みの陰に忍んだ。

若い武士が廊下をやって来た。

左近は見守った。

若い武士は、明かりの灯されている座敷に声を掛けて入った。

左近は、植え込みの陰を出て暗い座敷に走った。そして、暗い座敷に素早く忍び込んだ。

暗い座敷に人気《ひとけ》はなかった。

左近は、座敷の隅の長押《なげし》に跳んで天井板をずらし、天井裏に入った。

天井裏は埃《ほこり》が溜まり、蜘蛛《くも》の巣が張っていた。

人が出入りした気配はない。

左近は見定め、梁《はり》の上にあがって天井裏を見廻した。

天井裏には、鳴子《なるこ》や撒《ま》き菱《びし》もなく侵入者に対する備えはなかった。そして、天井板の隙間から僅かな明かりが洩《も》れていた。

左近は、僅かに洩れている明かりに進んだ。

僅かな明かりの洩れている座敷から、男たちの声が聞こえた。

左近は、梁に足を巻き付けて天井板に顔を寄せた。

「して、桂木《かつらぎ》さま、尾張藩の黒沢、何か云って来たのですか……」

若い男の声がした。

座敷にいた武士は桂木……。

左近は知った。

「いや。未だ何も云って来ない」

「じゃあ、諦めたのですかね」

若い男は声を弾ませた。

「それはあるまい、京一郎《きょういちろう》……」

桂木は告げた。

若い武士の名は京一郎……。

左近は、二人の名を知った。

「黒沢主水正を始め尾張藩の者たち、そんなに甘くはない……」

桂木は、厳しい面持ちで告げた。

「では、桂木さま……」

京一郎は緊張した。

「沙織どのから尾張藩の動きを知らされた殿がどう出るか、尾張の者共が黙っている訳はない……」

桂木は読んだ。

「では……」

「京一郎、尾張には裏柳生の忍びの者共がいる。くれぐれも油断を致すな」

桂木は命じた。

「はい。それにしても、相手は裏柳生の忍びの者。どのような手で来るか……」

京一郎は眉をひそめた。

「そこでだ京一郎、我らも忍びの者を雇おうと思う……」

「ですが、雇うとなれば、我が藩の秘事をある程度、知られる事になりますが……」

京一郎は、懸念を露わにした。

「如何《いか》にも。それ故《ゆえ》、信じられる忍びの者を雇う……」

「おりますか、そのような忍びの者……」

「うむ。心当たりはある……」

桂木は、小さな笑みを浮かべた。

「そうですか。桂木さまの推される忍びの者なら信じるに足りる者でしょう」

京一郎は頷いた。

美濃国岩倉藩の秘事……。

尾張藩は、その秘事を巡って岩倉藩を攻め、支配下に置こうとしているのだ。

秘事とは何だ……。

左近は、想いを巡らせた。

亥《い》の刻四つ（午後十時）を報せる寺の鐘が、静かに鳴り響き始めた。

四

日本橋馬喰町の通りには、多くの人が行き交っていた。

公事宿『巴屋』の隣の小さな煙草《たばこ》屋の縁台では、婆やのお春《はる》が煙草屋の老夫婦、横丁の御隠居、裏の妾稼業の年増《としま》と茶飲み話に花を咲かせていた。

左近は、笑みを浮かべて会釈をした。

「あっ、左近さん。お客さんが来ているよ」

お春は、茶飲み話をしながら公事宿『巴屋』に不審な者が近付くのを警戒していた。

「俺に客……」

出入物吟味人を名指しで公事宿に来る客は滅多にいない。

左近は戸惑った。


「お客ですか……」

左近は、おりんに尋ねた。

「ええ。叔父さんが客間でお相手をしていますよ」

おりんは告げた。

「何処の誰です……」

「それが、美濃国は岩倉藩の方々ですよ」

おりんは囁《ささや》いた。

「岩倉藩の方々……」

左近は眉をひそめた。

「ええ。お待ちかねですよ」

「そうですか……」

左近は、客間に向かった。

「旦那……」

襖の向こうから左近の声がした。

「おお。みえられましたか。どうぞ、お入り下さい」

彦兵衛は告げた。

「御免……」

左近が襖を開け、客間に入って来た。

彦兵衛が、岩倉藩の桂木左馬之助《さまのすけ》、早川沙織と一緒にいた。

「おお、貴女《あなた》は……」

左近は、沙織に気が付いた。

「その節はお世話になり、忝うございました。岩倉藩の早川沙織にございます」

沙織は、左近に両手をついて挨拶をした。

「某《それがし》は美濃国岩倉藩近習頭《きんじゅうがしら》桂木左馬之助。公事宿巴屋の出入物吟味人日暮左近どの、家中の早川沙織をお助けいただき、某からも礼を申します」

桂木は、左近に頭を下げた。

「いえ。礼には及びません」

左近は苦笑した。

「それで左近さん、桂木さまが仰《おつしや》るには、左近さんの力を借りたい事があるそうですよ」

彦兵衛は小さく笑った。

「私の力ですか……」

「如何《いか》にも。出入物吟味人としての腕は彦兵衛どのから詳しく聞きました。それに剣の腕は沙織どのに……」

桂木は微笑んだ。

稲荷橋で斬り掛かって来た覆面の武士……。

左近の勘が囁いた。

桂木左馬之助は、斬り掛かって来た覆面の武士なのだ。

「そうですか……」

左近は苦笑した。

「日暮どの、我が岩倉藩は尾張藩と国境を接している隣同士、日頃から何かと揉めていましてね。ま、詳しい事はお引き受けいただいてからになりますが……」

桂木は、左近に探る眼を向けた。

信じられる忍びの者……。

左近は苦笑した。

桂木と沙織は、左近の返事を待った。

「左近さん……」

彦兵衛は、左近の出方を窺った。

「分かりました。引き受けましょう」

左近は頷いた。

「忝《かたじけな》い……」

「ありがとうございます」

桂木と沙織は、左近に礼を述べた。

「礼は一件の始末が着いてからで結構です」

左近は、不敵な笑みを浮かべた。


桂木左馬之助と早川沙織は、愛宕下岩倉藩江戸上屋敷に帰って行った。

左近は、彦兵衛やおりんと見送った。

「岩倉藩の方から来るとは驚きましたね」

彦兵衛は苦笑した。

「ええ。ま、此れで岩倉藩と尾張藩の間に何が潜んでいるのか分かります」

左近は告げた。

「良いんですか、一緒に行かなくて……」

おりんは眉をひそめた。

「ええ。岩倉藩に行く前にする事がありましてね……」

左近は苦笑し、彦兵衛といろいろ打ち合わせをした。


「何か分かったか……」

左近は、柳森稲荷の嘉平の飲み屋を訪れた。

「ああ。お宝だ……」

「お宝……」

左近は戸惑った。

「尾張藩、隣の岩倉藩のお宝を狙っているって噂があったぜ」

嘉平は笑った。

「尾張が岩倉のお宝を狙っているか……」

「ああ……」

「お宝が何か分かるか……」

「そりゃあ、お宝と云えば金銀財宝に決まっているが、そこ迄はな。此奴《こいつ》は噂だ」

「そうか……」

左近は苦笑した。

「ああ……」

「ところで頼みがある……」

「頼み……」

嘉平は、戸惑いを浮かべた。

「秩父に人を走らせてくれ」

「秩父に……」

嘉平は眉をひそめた。

「うむ……」

「急ぎか……」

「そうだ……」

左近は頷いた。

愛宕下の大名屋敷街は寝静まっていた。

左近は、岩倉藩江戸上屋敷を窺った。

岩倉藩江戸上屋敷の表門内には、篝火《かがりび》の煙が揺れて立ち昇り、見張番が警戒している。

左近は、岩倉藩江戸上屋敷の表門の前を見廻した。

斜向《はす》かいの屋敷の屋根の上に、土塀の暗がりに潜んでいる者の気配がした。

尾張裏柳生の忍びの者……。

左近は、二人の他に尾張裏柳生の忍びの者を捜した。

二人の他に尾張裏柳生の忍びの者はいない。

左近は見定めた。

裏柳生の忍びの者にしては、人数が少ない。

それは、岩倉藩を二万石の小藩と侮っての事なのか、それともただ単に様子を窺っているからだけなのか……。

左近は、岩倉藩江戸上屋敷の横手に廻った。

横手には長屋塀が続き、人気はなかった。

左近は見定め、長屋塀の屋根に跳んだ。そして、長屋塀の屋根を音もなく走り、内塀に跳んだ。そして、内塀の上を蹴って表御殿の屋根に駆け上がった。

表御殿の屋根からは、岩倉藩江戸上屋敷の殆《ほとん》どが見下ろせた。

奥御殿と表御殿、奥庭や前庭、奥や横手の重臣屋敷や侍長屋など、上屋敷内の各所には見張番や見廻り組がいるだけだった。

左近は、折り畳みの半弓を仕度し、矢を番《つが》えた。そして、上屋敷内の暗がりや不審な処に半弓の矢を射込んだ。

半弓の矢の射込まれた暗がりや不審な処から殺気は湧かず、忍びの者も現れなかった。

尾張裏柳生の忍びの者は、江戸上屋敷内に忍んではいない。

左近は見定めた。

尾張裏柳生の忍びの者の攻撃は、此れからなのだ。

左近は読み、表御殿の庭に跳び下りた。

左近は、植え込みの陰に忍び、表御殿の連なる座敷を窺った。

表御殿の桂木左馬之助の用部屋には、明かりが灯されていた。

左近は、植え込みの陰から出て桂木の用部屋の濡れ縁に上がった。

「日暮どのか……」

桂木の声がした。

「左様。邪魔をする……」

左近は苦笑し、素早く桂木の用部屋に入った。

桂木は、筆を置いて文机《ふづくえ》の傍の燭台を用部屋の中に置いた。

燭台の火は揺れた。

左近は、障子を後ろ手に閉めて座った。

「やはり、お見えになりましたか……」

桂木は微笑んだ。

「うむ。上屋敷の前に尾張裏柳生の忍びが二人。屋敷内には忍び込んではいない」

左近は告げた。

「そうですか。表に二人ですか……」

桂木は頷いた。

「何かあったようですな……」

左近は睨んだ。

「えっ……」

桂木は、緊張を過《よ》ぎらせた。

「昨夜迄はいなかった尾張裏柳生の忍びが今夜はおり、岩倉藩の動きを見張っている」

「日暮どの……」

「尾張藩の竹腰正純あたりが何か云って来ましたか……」

左近は、読んで見せた。

「日暮どの……」

桂木は、左近が既にいろいろ知っているのに戸惑った。

「どうなのです」

「日暮どのの仰る通り、竹腰正純が我が殿に書状を寄越しましてね」

桂木は告げた。

「書状には何と……」

左近は、桂木を見据えた。

「そ、それは……」

桂木は口籠った。

「お宝ですか……」

左近は、単刀直入《たんとうちょくにゅう》に斬り込んだ。

「日暮どの……」

桂木は狼狽《うろた》えた。

「桂木さん、御承知の通り、私は忍び。江戸にいる多くのはぐれ忍びを使えば、尾張と岩倉の揉め事についての噂など、直ぐにいろいろ集まります」

左近は苦笑した。

「そうですか……」

「桂木どの、私に何をさせようとしているのかは知りませんが、尾張の企てを読み、先手を打つ為には……」

「分かりました……」

桂木は遮った。

「桂木さん……」

「日暮どの、我が岩倉藩の領地は山の多い痩《や》せた土地ばかりでしてね。我ら家臣と領民がどうにか暮らしております。それが去年、尾張藩との国境の岩倉山の麓《ふもと》の渓流で砂金《さきん》が見付かりましてね……」

桂木は話し始めた。

「砂金……」

左近は眉をひそめた。

「ええ。そして、渓流の流れる岩倉山の洞窟《どうくつ》から金の鉱脈が見付かったのです」

桂木は告げた。

「お宝は金でしたか……」

左近は知った。

「如何にも……」

「して、尾張がそれを知り、横槍を入れて来ましたか……」

「左様。岩倉山は尾張藩の領地だと云い出しましてね。野分《のわき》や日照りの飢饉《ききん》の時、助けを求めても、麦の一粒も寄越さなかった尾張藩が……」

桂木は悔しさと怒りを滲《にじ》ませた。

「して、竹腰正純は、藩主榊原直孝さまに何と申して来たのです」

左近は訊いた。

「掘り出した金の山分けです……」

「山分け……」

左近は眉をひそめた。

「如何にも。さもなければ、岩倉藩は禍《わざわい》に見舞われるやもしれぬと……」

尾張藩の竹腰は、岩倉藩に脅しをかけて来ていた。

「して、榊原さまは……」

「どのような禍が起こっても、闘う迄だと……」

桂木は、岩倉藩主榊原直孝の覚悟を告げた。

「そうですか。して、榊原さまの御覚悟、竹腰には伝えたのですか……」

左近は尋ねた。

「明日、某が殿の書状を持参致す」

「ならば、私が影供《かげとも》をしよう」

左近は告げた。

「日暮どの……」

桂木は、左近に感謝の眼を向けた。

「して、桂木さん。此の事、公儀には……」

左近は訊いた。

「日暮どの、御公儀が知れば、金は否応《いやおう》なく没収するに決まっています。我が藩も尾張藩も何があっても、それだけは……」

桂木は、苦笑しながら首を横に振った。

「成る程、全ては公儀の知らぬ出来事ですか……」

左近は笑った。

燭台の火は、低い音を鳴らして瞬いた。

翌日、岩倉藩近習頭の桂木左馬之助は、配下の北島《きたじま》京一郎を従えて岩倉藩江戸上屋敷を後にした。

見張っていた二人の尾張裏柳生は、桂木と北島を追った。

左近は見届け、桂木たちの行き先である尾張藩江戸中屋敷に先廻りをした。

外濠に架かっている喰違御門を渡ると紀尾井《きおい》坂になり、尾張藩江戸中屋敷がある。

左近は、紀尾井坂に進んだ。

紀尾井坂は紀州《きしゅう》藩江戸中屋敷、尾張藩江戸中屋敷、彦根《ひこね》藩井伊《いい》家の江戸中屋敷の間にある坂道を称した。

左近は、尾張藩江戸中屋敷を窺った。

尾張藩江戸中屋敷には、尾張裏柳生の忍びの結界が張られていた。

左近は見定めた。

尾張藩江戸中屋敷の横手、北側には清水谷《しみず》があり幾つかの旗本《はたもと》屋敷があった。

清水谷を臨む北側の土塀には、尾張裏柳生の忍びの結界が僅かに張られていた。

左近は、旗本屋敷の屋根伝いに進み、尾張藩江戸中屋敷を窺った。

土塀の陰に尾張裏柳生の忍びの者が潜んでいた。

左近は、旗本屋敷の瓦を外し、尾張藩江戸中屋敷に投げた。

瓦は回転しながら飛び、尾張藩江戸中屋敷の土蔵の壁に当たって落ちた。

結界が揺れ、潜んでいた裏柳生の忍びの者たちが動いた。

左近は、旗本屋敷の屋根を走り、尾張藩江戸中屋敷に大きく跳んだ。

左近は、清水谷を跳び越えて尾張藩江戸中屋敷の土塀の内側に消えた。


桂木左馬之助と北島京一郎は、尾張藩江戸中屋敷の書院に通された。

京一郎は、出された茶に手を付けず、殺気を漲《みなぎ》らせていた。

「落ち着け、京一郎……」

桂木は苦笑した。

「はい。落ち着いております」

京一郎は、喉を引き攣《つ》らせた。

「お待たせ致した」

黒沢主水正と竹腰正純が入って来た。

「桂木どの、当藩老職の竹腰正純さまだ」

黒沢は、竹腰正純を引き合わせた。

「岩倉藩近習頭桂木左馬之助、我が殿榊原直孝さまの書状を持参致しました」

「うむ……」

竹腰は、肉に埋もれた首で鷹揚《おうよう》に頷いた。

「京一郎……」

「はっ……」

京一郎は、文箱《ふばこ》から書状を出して黒沢に差し出した。

書状は、黒沢から竹腰に渡された。

竹腰は、書状を開いて読んだ。

桂木と京一郎は、固唾《かたず》を呑んで竹腰の様子を見守った。

竹腰は、肉に埋もれた喉を鳴らして読み終え、書状を黒沢に渡した。

黒沢は、書状を読み始めた。

「さあて……」

竹腰は、細い眼を光らせた。

桂木と京一郎は、竹腰を見返した。

「岩倉藩、どうあっても我が藩の呼び掛けには応じられないと申すのだな」

竹腰は念を押した。

「如何にも。岩倉山は我が岩倉藩の領地、尾張藩の指図は受けませぬ」

桂木は云い放った。

「桂木どの……」

黒沢は、桂木を睨み付けた。

「そうか。良く分かった。最早《もはや》、此れ迄だ。容赦はせぬ……」

竹腰は座を立った。

「ならば黒沢どの、我らも此れで。京一郎……」

桂木は、京一郎を促して書院を出た。

黒沢は続いた。


桂木左馬之助と北島京一郎は、書院から式台《しきだい》に下りて前庭に出た。

黒沢が式台に現れ、前庭にいる家来たちに合図をした。

家来たちは一斉に動いた。

桂木と京一郎は、前庭で尾張藩の家来たちに包囲された。

「おのれ……」

京一郎は、刀の柄《つか》を握って身構えた。

「その者共を捕らえ、牢に入れろ」

黒沢は命じた。

家来たちは、桂木と京一郎に殺到した。

刹那、幾つかの煌めきが飛来し、殺到する家来の三人が倒れた。

黒沢と家来たちは怯んだ。

忍び……。

尾張裏柳生の忍びの者たちは、己たち以外の忍びが現れたのに気が付き、慌てて駆け寄って来た。

次の瞬間、奥御殿の方で爆発が起こった。

黒沢と家来、尾張裏柳生の忍びの者は驚き、奥御殿に走った。

「京一郎……」

桂木は、残った家来たちを蹴散らして表門脇の潜り戸に走った。

京一郎は続いた。

家来たちは追い掛けた。

火薬玉が投げ込まれ、炸裂《さくれつ》して火を噴き上げた。

第二章　尾張裏柳生

一

尾張藩江戸中屋敷で爆発音が響き、煙が立ち昇っていた。

大名屋敷が火を出せば、如何《いか》に御三家でも公儀のお咎《とが》めは免《まぬか》れない。

尾張藩の黒沢たちは狼狽《うろた》え、火を消しに急いだ。

桂木左馬之助と北島京一郎は、外濠に架かっている喰違御門を渡って溜池に向かった。

「怪我はないか、京一郎……」

桂木は心配した。

「掠《かす》り傷です。大した事はありません」

京一郎は、気を昂《たかぶ》らせていた。

「そうか……」

「それにしても桂木さま、襲い掛かって来た尾張藩の家来、次々に飛んで来た手裏剣に倒されましたが……」

京一郎は首を捻った。

「それに奥御殿での爆発もな……」

桂木は、眩しそうに行く手の溜池の傍を眺めた。

溜池沿いの道に左近が佇《たたず》んでいた。

「造作《ぞうさ》をお掛け致した」

桂木は、左近に礼を述べた。

「いや……」

「桂木さま……」

京一郎は、戸惑いを浮かべた。

「日暮どの、此《こ》れなるは……」

「近習の北島京一郎どのか……」

「ええ。御用の時は何でもお命じ下さい……」

桂木は苦笑した。

「桂木さま……」

「助けてくれた日暮左近どのだ……」

桂木は告げた。

「そうだったんですか。北島京一郎です」

京一郎は、眼を輝かせて左近に頭を下げた。

「うむ。で、桂木さん、今夜から尾張裏柳生の忍びの者が動き出す。一刻も早く、江戸上屋敷の護りを固めるのだ」

左近は告げた。

愛宕下岩倉藩江戸上屋敷は、近習頭の桂木左馬之助の采配《さいはい》で護りを固めた。

桂木は、藩主榊原直孝に左近を密かに引き合わせた。

「その方が日暮左近か……」

榊原直孝は、桂木や沙織から左近の噂を聞いていたのか、若々しい顔を輝かせた。

「はっ……」

「榊原直孝だ。天が貧しい岩倉藩に恵んでくれた金は今まで懸命に働き、苦労をして来た領民たちの物、尾張藩には決して渡さぬ。日暮、力を貸してくれ。宜しく頼む」

榊原直孝は、左近に頭を下げた。

「心得ました……」

左近は、若い榊原直孝に好感を抱いた。


奥御殿の天井裏と縁の下は、無防備だった。

左近は、鳴子を張り巡らせ、撒き菱を仕掛けた。

最低限の防備だ。

尾張裏柳生は、手立てを選ばず榊原直孝の首を獲りに来る筈だ。

攻める前に護りを固める……。

左近は、榊原直孝の暮らす奥御殿を尾張裏柳生の忍びの攻撃に耐えられる構えにした。

「左近さん……」

表門の護りを固めていた北島京一郎が、左近の許にやって来た。

「どうした……」

「表がどうも……」

京一郎は眉をひそめた。

「よし……」

左近は、京一郎と表門に向かった。


左近は、京一郎と長屋塀の屋根の上から表門の前を窺った。

岩倉藩江戸上屋敷の向かい側には旗本屋敷が並び、行き交う人も少なく静けさが漂っていた。

左近は見廻した。

もし、尾張裏柳生の忍びの者が見張っているとしたら、旗本屋敷の屋根だ。

左近は、旗本屋敷の屋根に殺気を放った。

旗本屋敷の屋根に忍びの者が現れ、身構えて辺りを窺った。

尾張裏柳生の忍び……。

左近は、棒手裏剣を放った。

棒手裏剣は煌めきとなり、辺りを窺う尾張裏柳生の忍びの者に吸い込まれた。

尾張裏柳生の忍びの者は倒れ、旗本屋敷の屋根の上から転がり落ちた。

「京一郎、小者《こもの》と一緒に曲者《くせもの》だと騒ぎ立てろ」

左近は命じた。

「心得ました……」

京一郎は、長屋塀の屋根から駆け下り、小者たちを連れて表門前に出て、倒れている尾張裏柳生の忍びの者を押さえ、曲者だと騒ぎ立てた。

連なる旗本屋敷から家来や中間小者たちが出て来た。

「曲者だ。得体の知れぬ忍びの者共が密かに何かを探っている。曲者だ……」

京一郎は騒ぎ立てた。

旗本家の家来たちは緊張した。

どんな旗本家でも秘密の一つや二つはある。

家来たちは、己が奉公する旗本屋敷の屋根や周囲の警戒をし始める筈だ。

そうなれば、尾張裏柳生の忍びの者が忍び、見張る事は難しくなるのだ。

左近は、他の旗本屋敷の屋根を窺った。

尾張裏柳生の忍びの者たちは、音もなく立ち去って行った。

此れで少しは大人しくなる……。

左近は、不敵な笑みを浮かべて長屋塀の屋根から下りた。

鷗《かもめ》は群れを成し、尾張藩江戸下屋敷の上を煩《うるさ》い程に鳴きながら舞い飛んでいた。

尾張裏柳生の如月兵衛は、血の付いた棒手裏剣を手に取って検《あらた》めた。

「此れで家来たちが……」

兵衛は、その眼を鋭く輝かせた。

「うむ。そして、奥御殿に仕掛けた火薬玉を爆発させおった……」

黒沢主水正は、怒りを滲ませた。

「で、桂木たちに逃げられましたか……」

兵衛は苦笑した。

「左様。兵衛、岩倉藩は忍びを雇ったようだが、何処《どこ》の忍びだ……」

黒沢は、棒手裏剣を示した。

「さあて、棒手裏剣を使う忍びとなると、いろいろいますが、此の棒手裏剣は忍びの者の誂《あつら》え物です」

兵衛は睨んだ。

「誂え物だと……」

「左様。そして、使い手はかなりの忍びの者……」

兵衛は読んだ。

「それ程の忍びの者か……」

黒沢は眉をひそめた。

「如何にも。ま、それ故、割り出しも容易かもしれません」

兵衛は小さく笑った。

「そうか。して、兵衛、竹腰さまの申し入れを蹴った榊原直孝、急ぎ闇に葬り、我らの恐ろしさを思い知らせてやれ」

黒沢は命じた。

「はい……」

兵衛は頷いた。

庭先に忍びの者が現れた。

「どうした……」

兵衛は向き直った。

「はっ。岩倉藩江戸上屋敷を見張っていた一之組《いちのくみ》の一人が斃《たお》され、見張りの網が崩されたそうです」

忍びの者は囁いた。

「見張りの忍びが……」

兵衛は眉をひそめた。

「はっ……」

「そうか。下がるが良い……」

忍びの者は消えた。

「兵衛、どうした……」

「黒沢さま、岩倉藩が雇った忍びの者が何者か、今夜にでも見定めて来ます」

兵衛は、厳しい面持ちで告げた。

溜池に夕陽が映《は》えた。

今夜、来る……。

左近は、尾張裏柳生の忍びが岩倉藩藩主榊原直孝の首を獲りに来ると読んだ。

「ならば、左近どの、奥御殿の護りを固めなければ……」

桂木は、緊張を漲らせた。

「いや。桂木さんや京一郎は、いつも通りに上屋敷の警固《けいご》をしてくれ。奥御殿は私が引き受ける」

左近は告げた。

「だが、一人で大丈夫ですか……」

桂木は心配した。

「護る相手は一人が良い……」

左近は、不敵に云い放った。

桂木たち家来が榊原直孝を幾重にも取り囲んだところで、尾張裏柳生の忍びの餌食《えじき》になるだけであり、左近の闘いの足手纏《まと》いになるだけなのだ。

「そうですか。ならば、いつも通りに宿直《とのい》の者共だけを……」

「うむ……」

左近は頷いた。


連なる大名屋敷の屋根は、月明かりを浴びて蒼白《あおじろ》く輝いた。

左近は、岩倉藩江戸上屋敷の奥御殿の屋根に忍んでいた。

昼間の一件以来、岩倉藩江戸上屋敷の表を見張る尾張裏柳生の忍びの見張りは消えた。だが、横手や裏手に尾張裏柳生の忍びの者は未だいるかもしれない。

左近は、油断なく夜の闇を見廻した。

忍びの者の気配はない……。

尾張裏柳生の忍びの者は、正面から一気に攻め込んでくるのかもしれない。

その時はその時……。

左近は苦笑した。

烏《からす》が鳴いた。

烏……。

左近は、烏の鳴き声の出処《しゅっしょ》を捜した。

隣の大名屋敷の屋根には、黒い大烏が止まっていた。

大烏は鳴いた。

左近は苦笑し、烏の鳴き声を返した。

隣の大名屋敷の屋根に止まっていた大烏が立ち上がり、軒先に向かって走り出した。そして、軒先で両腕を開いて夜空に飛んだ。

大烏の両脇には、蛙の水掻きのような風受けの布があった。

大烏は、建物の屋根伝いに夜空を飛び、左近のいる奥御殿の屋根に降りた。

「随分、飛べるようになったな」

左近は、大烏に笑い掛けた。

「はい。報せをいただき、飛んで来ました」

烏坊《からすぼう》は、日焼けした黒い顔を綻《ほころ》ばせて白い歯を見せた。

「うむ。して、猿若《さるわか》は……」

「既に上屋敷内を検めています」

烏坊は告げた。

「そうか……」

左近は、はぐれ忍びの嘉平に頼んで秩父に人を走らせた。

秩父忍び頭の陽炎《かげろう》に、烏坊と猿若を手伝いに寄越して欲しいと頼んだ。

陽炎は、左近の頼みを聞いて直ぐに烏坊と猿若を送り出したのだ。

左近は、密かに陽炎に感謝した。

「して、左近さま、俺たちは何を……」

烏坊は眉をひそめた。

「うむ。岩倉藩藩主榊原直孝を尾張裏柳生の忍びの者から護る……」

「お殿さまを尾張裏柳生から護る……」

烏坊は緊張を漲らせた。

「うむ……」

左近は頷いた。

「俺たち側の忍びは……」

烏坊は訊いた。

「他にはいない……」

忍び姿の猿若が現れた。

「猿若か……」

「はい。屋敷を護るのは岩倉藩の家来たちだけですね」

猿若は、岩倉藩江戸上屋敷の警固を見て廻り、その実態を知った。

「うむ。俺たち三人で尾張裏柳生の忍びから藩主榊原直孝を御護《おまも》りする」

左近は告げた。

「そいつは面白い……」

烏坊は笑った。

「ああ……」

猿若は頷いた。

二人共、良い若者になった……。

左近は微笑んだ。

「尾張裏柳生の忍び、何程の事もあるまいが、侮りは禁物。良いな……」

左近は、烏坊と猿若に云い聞かせた。

「心得ました」

烏坊と猿若は頷いた。

「よし。ならば、秩父忍びの恐ろしさ、尾張裏柳生の忍びに確《しか》と見せてやろう」

左近は、不敵に云い放った。


刻は過ぎた。

岩倉藩江戸上屋敷内には篝火が焚かれ、見張番が立ち、見廻り組が巡回していた。

表門の前に黒い影が浮かんだ。

黒い影は、忍び装束の尾張裏柳生の忍びの頭《かしら》如月兵衛だった。

兵衛は、岩倉藩江戸上屋敷を見廻した。

長屋塀の内側には、篝火の火の粉が舞いあがり、煙が立ち昇っていた。

忍びの結界は張られていなく、警固は家臣たちによるものだ。

兵衛は見定めた。

得体の知れぬ忍びの者は、奥御殿にいる藩主榊原直孝の警固に就いているのだ。

兵衛は睨んだ。

よし……。

兵衛は、岩倉藩江戸上屋敷の長屋塀の屋根に跳んだ。


岩倉藩上屋敷内の警戒は、睨み通り家来たちの見張番と見廻り組だけだった。

如月兵衛は、長屋塀の屋根を音もなく走り、厩から土蔵の屋根に跳んだ。そして、表御殿と奥御殿の屋根を窺った。

表御殿と奥御殿の屋根に忍びの結界は張られていない。

兵衛は見定めた。

だが、敢《あ》えて結界を張らず、待ち構えている場合もある。

誘《おび》き出すつもりか……。

腕に覚えがある者ならば、むしろそれが普通なのだ。

兵衛は読んだ。

ならば……。

兵衛は、片手を上げた。

尾張裏柳生の忍びの者が四人、背後に現れた。

「手筈《てはず》通りだ……」

兵衛は命じた。

四人の尾張裏柳生の忍びの者たちは頷いた。

「行け……」

兵衛は命じた。

四人の尾張裏柳生の忍びの者は、内塀に跳び下りて奥御殿の奥庭に走った。

兵衛は見届け、奥御殿の屋根に向かって大きく跳んだ。

兵衛は、奥御殿の屋根に音もなく下り、周囲を窺った。

人の気配や殺気はない……。

兵衛は緊張した。

夜の闇が揺れた。

刹那《せつな》、兵衛は飛び退いて身構えた。

「尾張裏柳生の如月兵衛……」

忍び姿の左近が、暗がりから現れた。
「何処の忍びだ……」
兵衛は、左近を見据えた。
「江戸のはぐれ忍び……」
左近は笑った。
次の瞬間、兵衛は十字手裏剣を投げた。
左近は、夜空に跳んで十字手裏剣を躱《かわ》し、棒手裏剣を放った。
兵衛は、手鉾《てぼこ》を頭上で振るった。
棒手裏剣は弾き飛ばされた。
左近は、跳び下りながら無明刀を抜き打ちに斬り下げた。
兵衛は、跳んで躱し、手鉾を唸らせた。
左近は、無明刀を閃かせた。
閃光が飛び交い、無明刀と手鉾の刃が嚙み合った。
火花が飛び散り、焦げ臭さが漂った。
左近と兵衛は、奥御殿と表御殿の屋根に跳び、走りながら鋭く斬り合った。

藩主の榊原直孝の寝所は奥御殿の奥にあり、四人の宿直の家来に護られていた。

尾張裏柳生の忍びの者たちは、四人の宿直の家来に一斉に襲い掛かって当て落とした。

尾張裏柳生の忍びの者たちは、榊原直孝の寝所に向かった。

刹那、廊下の奥の暗がりから大鳥が低空で滑るように飛んで来た。

尾張裏柳生の忍びの者は驚き、咄嗟に十字手裏剣を投げた。

大鳥は十字手裏剣を受け、一枚の大きな黒布となって床に落ちた。

背後に烏坊が現れ、床を鋭く蹴って廊下を飛んだ。

尾張裏柳生の忍びの者は怯《ひる》んだ。

次の瞬間、尾張裏柳生の忍びの者の背後に天井から猿若が逆さまで現れた。そして、尾張裏柳生の忍びの者の顔を抱え、喉を苦無《くない》で掻き斬って消えた。

喉を掻き斬られた尾張裏柳生の忍びの者は斃れた。

残る尾張裏柳生の忍びの者は狼狽《うろた》えた。

廊下を飛んで来た烏坊は、手裏剣を放ちながら床に下りた。

尾張裏柳生の忍びの者が一人、烏坊の放った手裏剣を胸に受けて斃れた。

残る二人の尾張裏柳生の忍びの者は激しく狼狽えた。

猿若は、苦無を構えて天井から襲い掛かった。

烏坊は、廊下を蹴って跳び掛かり、忍び鎌を一閃した。

尾張裏柳生の忍びの者の一人は、猿若の苦無を盆《ぼん》の窪《くぼ》に叩き込まれ、もう一人は烏坊の忍び鎌に首を斬られて斃れた。

猿若と烏坊は、尾張裏柳生の忍びの後詰《ごづめ》を警戒しながら四人の忍びの者の死を見定めた。


左近の無明刀と兵衛の手鉾は、煌めきと唸りをあげて嚙み合った。

鳥の鳴き声が夜空に響いた。

左近と兵衛は、互いに跳び退いた。

「他にもいたか……」

兵衛は、事態を読んで悔しさを滲ませた。

「俺とおぬしの殺し合いには、手出しはせぬ」

左近は笑った。

「そいつが命取りにならねば良いな……」

兵衛は、吐き棄て夜空に大きく跳んだ。

左近は見送り、無明刀を一振りした。

無明刀は鋭く鳴った。

二

尾張裏柳生の忍びの岩倉藩藩主榊原直孝闇討ちは失敗した。

左近は、桂木左馬之助や北島京一郎と四人の尾張裏柳生の忍びの者の死体を検めた。

「尾張裏柳生の忍びの頭、如月兵衛か……」

桂木は眉をひそめた。

「うむ。如月兵衛、私を奥御殿の屋根に引き付け、その隙に殿の寝首を掻くよう、此の者たちに命じたようだ」

左近は苦笑した。

「それにしても良く斃せましたね」

京一郎は感心した。

「京一郎、桂木さん、此の四人の尾張裏柳生を斃したのは、此の者たちだ」

左近は、小者姿で控えていた鳥坊と猿若を桂木と京一郎に引き合わせた。

「えっ……」

京一郎は驚いた。

「左近どのの手の者か……」

桂木は訊いた。

「いや。秩父忍びの鳥坊と猿若、私の及ばぬところを助けて貰う。信じるに足る者たちだ」

左近は笑った。

「そうですか。鳥坊どの、猿若どの、何分にも宜しく頼みます」

桂木は、鳥坊と猿若に頭を下げた。

「お願いします」

京一郎が続いた。

「心得ました」

鳥坊と猿若は頷いた。

「桂木さん、二人は殿の身辺に忍び、尾張裏柳生の忍びの攻撃を防いで貰います」

左近は告げた。

「成る程。さすれば、左近どのも動き易いですか……」

桂木は頷いた。

「如何にも……」

左近は、不敵な笑みを浮かべた。


尾張藩江戸下屋敷には潮騒が響き、潮の香りが満ちていた。

「して、その得体の知れぬ忍びの者は、何処の誰か分かったのか……」

黒沢主水正は眉をひそめた。

「それが、江戸のはぐれ忍びだと……」

如月兵衛は、腹立たし気に告げた。

「江戸のはぐれ忍びだと……」

「はい。江戸には様々な忍びの流派から外れた抜《ぬ》け忍《にん》が多く潜んでいます。おそらく、そうした忍びの者の一人かと……」

「おのれ……」

黒沢は、怒りを過《よ》ぎらせた。

「意外だったのは、直孝の寝首を掻きに行った配下の四人が斃された事です」

「うむ。仲間がいたか……」

「はい。おそらく江戸のはぐれ忍びの仲間でしょう」

兵衛は睨んだ。

「ならば、何処の忍びの者か、素性は突き止められぬか……」

「はい。それに此れからは、尾張藩の江戸上屋敷や中屋敷、此の下屋敷も尾張裏柳生の忍びの者共に警固させなければなりません」

兵衛は眉をひそめた。

「護りに人数を取られ、攻め手の人数が減るか……」

黒沢は読んだ。

「はい。国許から新手の者共を呼ばなければなりません」

「うむ。何《いず》れにしろ、狙うは榊原直孝の首一つ。直孝の首を獲れば、岩倉藩の奴らも岩倉山を諦めるだろう」

黒沢は、狡猾《こうかつ》に笑った。

「はい。次こそは榊原直孝の首、必ず獲ってやります」

兵衛は、闘志を燃やした。

岩倉藩江戸上屋敷は一段と護りを固めた。

左近は、藩主榊原直孝の警固を烏坊と猿若に任せた。

烏坊と猿若は、近習や小者など様々な者に形《なり》を変え、密かに藩主榊原直孝の警固に就いた。


左近は、尾張藩江戸中屋敷の前の外濠に続く喰違御門の袂に佇んだ。

尾張藩江戸中屋敷は、尾張裏柳生の忍びの結界が張られていた。

左近は、塗笠を上げて笑みを浮かべて殺気を放った。

尾張裏柳生の忍びの結界が揺れた。

左近は、塗笠を目深に被って喰違御門の袂から踵《きびす》を返した。

尾張藩江戸中屋敷から編笠を被った武士たちが現れ、左近を追った。

左近は、外濠沿いを東の赤坂に進んだ。

編笠の武士たちは追った。

左近は、赤坂御門前を過ぎて尚も進んだ。

やがて、桐畑が続き、その向こうに溜池が見えた。

溜池の馬場に誘い込むか……。

左近は、追って来る編笠の武士たちを窺った。

編笠の武士たちは、行き交う人々を窺いながら追って来る。

そして、行き交う人が途絶えた時、編笠の武士たちは走り、左近を取り囲んだ。

左近は、編笠の武士たちを見廻した。

「何者だ……」

編笠の武士たちは、左近に迫った。

「お前たちは……」

左近は苦笑した。

「ふざけるな。何故、尾張の江戸中屋敷を窺っていた」

「下手な結界が張られていてな。ちょいとからかってみた迄だ」

左近は笑った。

「おのれ……」

編笠の武士たちは、刀を抜いて左近に殺到した。

左近は、無明刀を抜き打ちに放った。

編笠の武士の一人が、刀を握る腕の筋を両断されて昏倒《こんとう》した。
左近は、無明刀を閃かせた。
二人の編笠の武士は、下腹を斬られて倒れて土埃を舞い上げた。
残る編笠の武士は一人……。
左近は、無明刀を提げて残る編笠の武士に迫った。
無明刀の鋒《きつさき》から血が滴り落ちた。
残る編笠の武士は、刀を震わせて後退りし、身を翻して逃げた。
左近は追って跳び、逃げた編笠の武士の背を蹴り飛ばした。
編笠の武士は、前のめりに倒れた。
左近は、倒れた編笠の武士に跳び掛かり、素早く当て落とした。
編笠の武士は気を失った。
左近は、気を失った編笠の武士を傍らの桐畑に担ぎ込んだ。

溜池は煌めいていた。
左近は、当て落とした編笠の武士を溜池に投げ込んだ。
水飛沫《しぶき》が上がり、武士は気を取り戻した。

左近は、武士の襟首を摑み、溜池から引き摺《ず》りあげた。

武士は、草むらに倒れ込んで乱れた息を激しく鳴らした。

「お前たちは尾張裏柳生の者か……」

左近は、厳しく見据えた。

「違う。我らは尾張柳生の者だ」

武士は、息を鳴らした。

「ほう。尾張の柳生は裏柳生の手足となって働いているのか……」

左近は苦笑した。

武士は、悔し気に俯いた。

「そうか。ならば、尾張柳生、既に裏柳生の御館柳生玄無斎の意のままか……」

「ああ……」

「して、柳生玄無斎、江戸には頭の如月兵衛とその配下を寄越しているのだな」

「そうだ……」

「ならば如月兵衛、夜は築地の尾張藩江戸下屋敷にいるのか……」

左近は尋ねた。

「いや。如月兵衛、夜は中屋敷で老職の竹腰正純の警固をしている」

武士は告げた。

「中屋敷で竹腰正純の警固か……」

「ああ……」

「それなら、総目付の黒沢主水正は築地の下屋敷に一人でいるのだな」

「そうだ……」

武士は頷いた。

「よし。お前、名は何と申す」

「し、清水勇之助《しみずゆうのすけ》……」

武士は、震える声で名乗った。

「よし。清水、御苦労だったな」

左近は、清水勇之助と名乗った武士に笑い掛けながら苦無を出した。

苦無は鈍く輝いた。

「た、助けてくれ。何でもするから、命は助けてくれ……」

清水は命乞いをした。

「そうはいかぬ……」

左近は、清水に苦無を突き付けた。

「止めてくれ。頼む、助けてくれ……」

清水は、恐怖に顔を醜く歪めて必死に頼んだ。

「ならば、俺の密偵として働くか……」

「働く。何でもする。だから、頼む……」

清水は、左近の密偵になるのを承知した。

「よし。ならば、中屋敷に戻り、得体の知れぬ忍びは、中屋敷の竹腰正純の命を狙っているようだと云うんだ」

左近は命じた。

「承知した……」

清水は頷いた。

清水勇之助が信じるに足りるとは思えないが、利用するには充分だ。

左近は、冷ややかな笑みを浮かべた。


日暮れが近付いた。

麴町の尾張藩江戸中屋敷の結界は、昼間と変わらずに張られていた。

左近は見定め、尾張藩総目付の黒沢主水正のいる築地の江戸下屋敷に走った。

江戸湊は夕陽に煌めいていた。

尾張藩江戸下屋敷は、潮騒に覆われていた。

左近は、尾張藩江戸下屋敷を窺った。

江戸下屋敷に尾張裏柳生の結界は張られてなく、僅かな家来たちが警固をしていた。

清水勇之助が云ったように尾張裏柳生の如月兵衛は、老職竹腰正純のいる江戸中屋敷に結界を張り、下屋敷の護りは緩《ゆる》いのかもしれない。

清水勇之助は、左近に命じられた通りの事を如月兵衛に報せた。しかし、如月兵衛は清水の報せの裏を読み、江戸中屋敷の結界をそのままにして己だけが江戸下屋敷に戻り、左近の襲撃に備えているのかもしれない。

左近は読んだ。

如月兵衛は清水の報せを信じたか、それとも裏を読んで江戸下屋敷にいるのか……。

何《いず》れにしろ賭けだ。

大蛇を殺すには、頭を潰すのが上策なのだ。

よし……。
左近は決めた。
日は暮れ、薄暮の空に鷗は煩く鳴きながら舞い飛んだ。

夜は更け、紀尾井坂の大名屋敷は寝静まっていた。
左近は、尾張藩江戸中屋敷を窺った。
尾張藩江戸中屋敷の結界は、張られたままだった。
尾張藩老職の竹腰正純を脅し、岩倉藩の隠し金山から手を引かせる……。
左近は、尾張裏柳生の忍びが結界を張る土塀の上に跳んだ。
結界が揺れ、尾張裏柳生の忍びの者が襲い掛かって来た。
左近は、鋭く蹴り倒した。
尾張裏柳生の忍びの者は、土塀から大きく飛ばされて落ちた。
結界が大きく揺れ、殺気が湧いた。
左近は構わず走り、厩の屋根に上がって表御殿に大きく跳んだ。
左近は、表御殿の屋根に跳び下りた。

尾張裏柳生の忍びの者は、四方から左近に殺到した。

左近は、屋根を蹴って夜空に跳んだ。

尾張裏柳生の忍びの者は、左近に十字手裏剣を放った。

左近は、無明刀を抜き放って十字手裏剣を弾き飛ばした。そして、屋根に下りて尾張裏柳生の忍びの者に鋭く斬り掛かった。

接近戦に手裏剣などの飛び道具は使えない。

尾張裏柳生の忍びの者たちは、忍び刀を抜いて応戦した。

声も音もなく、血の臭いと殺気が渦巻いた。

左近は、無明刀を閃かせて尾張裏柳生の忍びの者たちの利き腕や脚の筋を断ち斬り、闘う力を奪った。

腕や脚の筋を断ち斬られた尾張裏柳生の忍びの者たちは、奥御殿の屋根から消えた。

僅かな刻の出来事だった。

如月兵衛は現れない。

やはり、清水勇之助の報せの裏を読み、築地の江戸下屋敷に行ったのだ。

左近は、表御殿の庭に下り、老職竹腰正純の用部屋に走った。

尾張裏柳生の忍びの者が、庭の闇から左近に襲い掛かった。
左近は、走りながら無明刀を閃かせた。
襲い掛かった尾張裏柳生の忍びの者は、手足の筋を斬られて次々に消えた。
左近は、濡れ縁に跳んで竹腰正純の用部屋に踏み込んだ。

竹腰正純は、肥った身体を転がして刀掛けの刀を取った。
刹那、左近は無明刀を竹腰正純の顔の前に突き立てた。
竹腰正純は、息を呑んで仰け反り倒れた。
左近は、真上から無明刀を突き刺した。
竹腰正純は、恐怖に顔を醜く歪め、眼を瞠《みは》った。
無明刀は、竹腰正純の鬢《びん》の解《ほつ》れ毛を斬り飛ばして耳の傍に突き刺さった。
竹腰正純は凍《い》て付いた。
「動くな。動くと狙いが外れる……」
左近は笑みを浮かべ、無明刀を抜いて再び竹腰正純の顔に向かって突き刺した。
閃光が走った。
無明刀は、竹腰正純の反対側の耳の傍に突き立った。

竹腰正純は、呆然と眼を瞠り、声もなく涎《よだれ》を垂らした。

「岩倉藩から手を引け……」

左近は囁き、無明刀を竹腰正純の顔の周囲に何度も鋭く突き立てた。

竹腰正純は、焦点の定まらぬ眼をして涎を垂らし続けた。

「よいな。岩倉藩から手を引くのだ……」

左近は囁いた。


得体の知れぬ忍びの者は、報せの通りに江戸中屋敷に現れた。

報せを受けた如月兵衛は、築地の江戸下屋敷から麴町の江戸中屋敷に駆け戻って来た。

得体の知れぬ忍びの者は、既に立ち去っていた。

尾張藩江戸中屋敷は蹂躙《じゅうりん》され、尾張裏柳生の忍びの者の多くは手足の筋を斬られ、戦闘能力を奪われていた。

「おのれ……」

如月兵衛は、怒りに震えながら竹腰正純の用部屋に急いだ。

竹腰正純は、焦点の定まらぬ眼をし、涎を垂らしながら肥った五体を恐怖に激しく震わせていた。

「竹腰さま……」

如月兵衛は呼び掛けた。

竹腰は、兵衛に焦点の定まらない眼を向け、言葉にならない呻《うめ》き声をあげるだけだった。

恐怖に魂を奪われた……。

得体の知れぬ忍びの者は、竹腰正純に何をしたのだ。

何れにしろ、岩倉藩主榊原直孝の首を狙った報復なのだ。

兵衛は、竹腰正純を見て、江戸のはぐれ忍びと名乗った得体の知れぬ忍びの者の恐ろしさを思い知らされた。

岩倉藩江戸上屋敷は、厳しい警固を続けていた。

北島京一郎たち近習は、藩主榊原直孝の警固を固めていた。

左近は、奥御殿の屋根にやって来た。

烏坊と猿若が現れた。

「変わりはないようだな……」

「はい。尾張裏柳生の忍びの者共、鳴りを潜めたようです」

猿若は、笑みを浮かべた。

「うむ。屋敷の周りにも見張りはいない」

左近は頷いた。

「ですが、相手は尾張の裏柳生、油断はなりません」

烏坊は慎重だった。

「うむ。直孝さま闇討ちの報復に老職の竹腰正純を恐怖の底に叩き込んでやった。尾張裏柳生の如月兵衛が此のまま黙っている筈はない……」

左近は読んだ。

「ならば左近さま、陽炎さまや小平太《こへいた》さんにも来て貰いますか……」

烏坊は眉をひそめた。

「いや。此度《こたび》の一件に秩父忍びが絡んでいるとは知られたくない。此処《ここ》は俺と烏坊、猿若の三人で始末する」

左近は、不敵に云い放った。

「左近さま、それ程迄に俺たちを……」

猿若は、嬉し気に笑った。

「烏坊、猿若、お前たちは既に立派な秩父忍びだ……」

左近は、烏坊と猿若の成長を認めて喜んだ。

「そうですか。竹腰正純を脅したか……」

桂木左馬之助は感心した。

「うむ。岩倉藩から手を引けとな。此れで竹腰正純、暫《しばら》くは立ち直れぬ筈……」

左近は告げた。

「それは重畳《ちょうじょう》。良くやってくれた」

桂木は笑った。

「だが、黒沢主水正と如月兵衛、此れからどう出るか……」

左近は苦笑した。

「我らとしては屋敷の護りを固め、烏坊や猿若の力を借り、何としてでも殿を御護り致すだけ……」

桂木は厳しい覚悟を見せた。

「ならば、私は黒沢主水正と尾張裏柳生の如月兵衛を……」

左近は笑った。

三

美濃国岩倉藩は、愛宕下の江戸上屋敷の他に浜町《はまちょう》に江戸中屋敷、浅草三味線《あさくさしゃみせん》堀《ぼり》に江戸下屋敷があった。

中屋敷と下屋敷は、上屋敷とは違って留守居番《るすいばん》の家臣が僅かにいるだけだ。それは何処の藩も同じだが、二万石の岩倉藩は留守居番の家臣は特に少なかった。

尾張藩総目付の黒沢主水正と尾張裏柳生の如月兵衛は、左近の竹腰正純襲撃の報復に中屋敷を標的にしたのだ。

「浜町の中屋敷が襲われた……」

左近と桂木左馬之助は、夜明けの町を浜町河岸《がし》にある岩倉藩江戸中屋敷に急いだ。

浜町堀には荷船が行き交っていた。

岩倉藩江戸中屋敷は表門を閉じていた。

桂木と左近は、岩倉藩江戸中屋敷に入った。

中屋敷は蹂躙され、留守居番の家臣の数人が斃されていた。

桂木は中屋敷留守居番頭《ばんがしら》の村川宗右衛門《むらかわそうえもん》の用部屋に向かい、左近は蹂躙された屋敷内を検めに向かった。

「村川どの……」

桂木は、村川の用部屋を訪れた。

「おお、桂木どの……」

村川は、斬られた傷の手当てをしていた。

「手傷を負われたか……」

「なあに、浅手だ……」

「それなら良いが……」

「桂木どの。夜明けに尾張の忍びと思われる者共に襲われ、此の有様《ありさま》だ……」

村川は、悔し気に告げた。

「いや。留守居番の働き、御苦労さまにございました。不運にも斃れた者たちの家は御心配なく……」

桂木は告げた。

「うむ。私も殿に言上《ごんじょう》致すが、宜しく頼む」

村川は、桂木に頭を下げた。

「心得た……」

桂木は頷いた。


蹂躙された中屋敷は、中間小者たちによって片付け始められていた。

左近は、破壊された跡から尾張裏柳生の細身の十字手裏剣を見付けた。

「どうです、何か分かりましたか……」

桂木がやって来た。

「うむ。襲ったのは尾張裏柳生の忍びの者共に相違ない……」

左近は、桂木に尾張裏柳生の十字手裏剣を見せた。

「おのれ……」

「殿の命を狙われ、竹腰正純を廃人同然にし、江戸中屋敷を蹂躙された。やられたらやり返す、虚しく切りがないが、続けるか……」

左近は、桂木の出方を窺った。

「此のまま退《ひ》けば、闘って死んだ者に申し訳が立たぬ……」

桂木は、語気を強めた。

「そうか。そうだな……」

左近は頷いた。

「左近どの……」

「ならば……」

左近は苦笑した。

「さあて、どうするかな……」

尾張藩総目付の黒沢主水正は、如月兵衛に厳しい眼を向けた。

「おそらく、得体の知れぬはぐれ忍びは、黒沢さまや私の首を狙って此処を襲う筈。その時に必ず……」

兵衛は、その眼を鋭く輝かせた。

「お頭……」

尾張裏柳生の忍びの者が、次《つぎ》の間《ま》に現れた。

「何だ……」

「江戸裏柳生の飛影《とびかげ》どのがお見えです」

「おお。飛影が来たか。此れに……」

「はい……」

尾張裏柳生の忍びの者が立ち去り、中年男が片足を引き摺《ず》りながら現れ、座った。

「江戸裏柳生の飛影か……」

如月は、中年男を見据えた。

「如何にも。尾張裏柳生の如月兵衛どのか……」

江戸裏柳生の忍びの飛影は、兵衛に値踏みするかのような眼を向けた。

「左様……」

如月は頷いた。

「用とは……」

「うむ。江戸裏柳生の忍びが、今迄に闘って来た忍びの者共の中に、はぐれ忍びと名乗る忍びの者はいるか……」

「はぐれ忍び……」

飛影は苦笑した。

「うむ……」

「江戸にはぐれ忍びは大勢いる……」

「単独で動く凄腕《すごうで》の忍びの者だ」

「単独で動く凄腕……」

飛影は眉をひそめた。

「いるか……」

「ああ、一人いる……」

「何者だ……」

「日暮左近という忍び……」

飛影は告げた。

「日暮左近……」

兵衛は眉をひそめた。

「ああ。日暮左近が本名かどうかは分からぬが、江戸の裏柳生も今迄に煮え湯を飲まされた事がある」

飛影は、腹立たし気に告げた。

「素性は……」

「知らぬ……」

「知る者はいないのか……」

兵衛は尋ねた。

「江戸には、はぐれ忍びに密かに忍び仕事を周旋《しゅうせん》する者がいる。その奴《やつ》が知っているかも知れぬ……」

「その奴は何処の誰だ……」

兵衛は、厳しい面持ちで訊いた。

「締め上げるつもりなら、止めた方が良い」

飛影は苦笑した。

「何……」

兵衛は、戸惑いを浮かべた。

「その奴を締め上げたり、下手な真似をすれば、江戸に潜むはぐれ忍びの皆を敵に廻す事になる。はぐれ忍びが徒党を組めば、如何に御三家の尾張藩でもどうなるやら……」

飛影は、面白そうに笑った。

「まずい。それはまずいぞ、兵衛……」

黒沢は眉をひそめた。

「おのれ……」

兵衛は苛立った。

「日暮左近の素性、どうしても知りたいのなら、俺が調べても良いが……」

飛影は、狡猾な笑みを浮かべた。

「よし。飛影、そうしてもらおうか……」

兵衛は苦笑した。


尾張藩江戸下屋敷の結界は、今迄以上に厳しくなっていた。

左近は、掘割に架かっている小橋の袂から尾張藩江戸下屋敷を窺っていた。

尾張裏柳生の如月兵衛は、岩倉藩江戸中屋敷を襲い、その報復を江戸下屋敷で待っているのだ。

左近は、兵衛の腹の内を読んだ。

さあて、兵衛たち尾張裏柳生の忍びはどんな待ち伏せをするのか……。

左近は笑った。

尾張藩江戸下屋敷の潜り戸が開いた。

左近は隠れた。

開いた潜り戸から、中年男が片足を引き摺りながら出て来た。
見覚えがある……。
左近の勘が囁いた。
中年男は立ち止まって振り返り、尾張藩江戸下屋敷に冷ややかな一瞥《いちべつ》を投げ掛けた。
江戸裏柳生の者……。
左近は、かつて殺し合った事のある者だと気が付いた。
中年男は、片足を引き摺りながら掘割に架かっている小橋を渡り、木挽町《こびきちょう》に向かった。
よし……。
左近は、中年男を追った。

中年男は、木挽町から京橋に抜け、日本橋から神田八つ小路に向かった。
左近は、慎重に尾行《つけ》た。
神田八つ小路には、多くの人が行き交っていた。
中年男は、神田八つ小路の賑わいを柳原通りに進んだ。

左近は尾行た。

中年男は、柳原の通りを両国《りょうごく》に向かって進み、柳森稲荷に入った。

まさか……。

左近は苦笑した。

忍びの者が柳森稲荷に来るのは、葦簀掛けの飲み屋の亭主の嘉平に用があっての事だ。

左近は読み、中年男を追って柳森稲荷に入った。

柳森稲荷の鳥居の前には、古道具屋、古着屋、七味唐辛子売りの露店が並び、奥に葦簀掛けの嘉平の飲み屋があった。

中年男は、睨み通り嘉平の店に入って行った。

左近は見届け、嘉平の店の裏手に廻った。

「おう。久しぶりだな、飛影……」

飲み屋の裏手に、店にいる亭主の嘉平の声が聞こえた。

左近は忍んだ。

「やあ。嘉平の父っつあん。酒をくれ……」

飛影と呼ばれた中年男は、嘉平に酒を注文した。

左近は、中年男が裏柳生の忍びの飛影だと知った。

飛影は、尾張裏柳生の如月兵衛に命じられて嘉平に何かを訊きに来たのかも知れない。

左近は、聞き耳を立てた。

嘉平は、飛影の前に酒の満ちた湯呑茶碗を置いた。

飛影は、喉を鳴らして酒を飲んだ。

「で、俺に何か用か……」

嘉平は尋ねた。

「ああ……」

飛影は、湯呑茶碗を置いた。

「何だ……」

「はぐれ忍びの日暮左近を知っているか……」

飛影は訊いた。

「日暮左近……」

嘉平は眉をひそめた。

「ああ……」

「その日暮左近がどうかしたのかい……」

「素性を知りたい……」

「凄腕のはぐれ忍びだ……」

「何処の抜け忍だ……」

「さあな。関東の忍びの抜け忍だと聞いている……」

嘉平は惚《とぼ》けた。

「関東となると、風魔《ふうま》、甲斐《かい》、信濃《しなの》……」

「その辺りだろうな」

「何処にいる……」

「さあな。用があれば、向こうからやって来る……」

「そうか。他には……」

「嗅ぎ廻っていると知れると、直ぐに息の根を止められるぜ……」

嘉平は笑った。

「それ程の忍びか……」

「ああ……」

嘉平は頷いた。

「そうか……」

「飛影、誰に頼まれて日暮左近を調べている」

嘉平は、逆に尋ねた。

「そいつは云えぬ……」

飛影は、狡猾《こうかつ》な笑みを浮かべた。

「近頃、江戸で尾張裏柳生の忍びが動いていると聞く、その辺だな……」

「父っつあん、余計な事は訊かぬ方が身の為だ……」

飛影は凄んだ。

「飛影、此処を何処だと思っている……」

嘉平は、飛影を見据えた。

「えっ……」

「此処は、江戸のはぐれ忍びの溜まり場だ。はぐれ忍びの為にならぬ者には消えてもらう……」

嘉平は、飛影に笑い掛けた。

凄みのある笑いだった。

「す、済まねえ、父っつあん。出直してくる」

飛影は、慌てて詫びた。

「ああ、そうした方が身の為だ。ま、早く薬種屋《やくしゅ》に行って毒消しを買って飲むんだな」

「毒消し……」

飛影は戸惑った。

「ああ。酒には毒でも何でも入れられる……」

嘉平は、不気味に笑った。

「毒……」

飛影は狼狽《うろた》えた。

「じゃあな……」

嘉平は、飛影を突き放した。

飛影は、葦簀掛けの飲み屋から足早に出て行った。

嘉平は、冷ややかに見送った。

「迷惑を掛けたな……」

左近が入って来た。

「来ていたのかい……」

嘉平は苦笑し、湯呑茶碗の残り酒を棄てた。

「ああ。飛影、どうやら尾張裏柳生の如月兵衛に頼まれて、俺の素性を突き止めようとしている……」

左近は読んだ。

「飛影の野郎……」

嘉平は、腹立たし気に吐き棄てた。

「して、盛ったのか……」

左近は眉をひそめた。

「何を……」

「毒だ……」

「ああ、そいつは只《ただ》の脅しだ……」

嘉平は笑った。

「只の脅しとも思えぬが……」

左近は、それとなく探りを入れた。

「うん、まあな。毒入りの酒を飲ませて殺し、死体を裏の神田川の河原に埋めるか、流すかすれば、後始末も造作はいらねえ……」

嘉平は、楽し気な笑みを浮かべた。

笑みは、何度かやったと思わせる凄みのあるものだった。

左近は、嘉平に底知れぬものを感じた。

「ま、一杯やりな……」

嘉平は、湯呑茶碗に角樽《つのだる》の酒を注いで左近に差し出した。

「毒は入っていないな……」

左近は苦笑した。

「さあて、そいつは飲んでみねえと分からねえ……」

嘉平は、楽しそうに左近を見守った。

「そうか。ならば頂く……」

左近は、湯呑茶碗の酒を飲んだ。

美味い酒だった。

何れにしろ、尾張藩江戸下屋敷を襲って、総目付の黒沢主水正と如月兵衛の首を獲る。

たとえ、どんな仕掛けで待ち伏せをしていようが……。

左近は、山城国淀《やましろのくによど》藩江戸中屋敷の屋根から隣の尾張藩江戸下屋敷を窺った。

尾張藩江戸下屋敷は、留守居番の家来の警固の他に尾張裏柳生の忍びの結界が厳しく張られていた。

何の手立てもなく忍び込むのは難しい。

左近は、炸裂《さくれつ》弾を仕込んだ矢を弓に番《つが》えて夜空高く次々に放った。

炸裂弾を仕込んだ矢は、夜空高くに次々に消えた。

左近は、淀藩江戸中屋敷の屋根に弓を置き、屋根の上で身構えた。

次の瞬間、左近が夜空高く放った炸裂弾を仕込んだ矢が尾張藩江戸下屋敷に次々と落下して爆発した。

尾張裏柳生の忍びの結界が激しく揺れた。

結界を張っていた尾張裏柳生の忍びの者が、爆発をした処《ところ》に走ったのだ。

結界は崩れた……。

爆発は続いた。

左近は、淀藩江戸中屋敷の屋根を走って軒先を蹴り、尾張藩江戸下屋敷に向かって大きく跳んだ。

左近は、結界の崩れた土塀の屋根に跳び下りた。そして、素早く土塀の内側の暗がりに忍んだ。

炸裂弾の爆発は終わり、下屋敷に静寂が広がった。

「おのれ、日暮左近……」

如月兵衛は、炸裂弾を仕込んだ矢を射込んだ者を日暮左近だと読んだ。

日暮左近は、炸裂弾を撃ち込んで結界を崩し、既に下屋敷に忍び込んでいる。

兵衛は睨んだ。

「日暮左近、既に下屋敷内に忍んだ筈。捜せ、屋敷内を隈《くま》なく捜せ……」

兵衛は命じた。

尾張裏柳生の忍びの者は、下屋敷の中に散った。

「兵衛……」

黒沢主水正が、配下の武士を従えてやって来た。

「黒沢さま……」

「今の爆発は何だ」

黒沢は、微かな怯えを過ぎらせた。

「おそらく、日暮左近の仕業……」

「おのれ……」

「日暮左近、騒ぎを起こし、既に屋敷内に忍んでいる筈です」

兵衛は告げた。

「何……」

黒沢は、思わず辺りを見廻した。

「今、配下の忍びの者共が急ぎ屋敷内を検めています。黒沢さまも油断なきよう……」

兵衛は、厳しい面持ちで告げた。

「う、うむ……」

黒沢は、思わず配下の武士たちの間に身を引いた。

「ならば、某《それがし》は屋敷内の検めに参ります」

兵衛は告げた。

「うむ。儂《わし》も用部屋に戻る」

黒沢は、配下の武士を従えて己の用部屋に向かった。

用部屋の燭台の火が揺れた。

配下の武士たちは、用部屋内を検めた。

「黒沢さま、変わった事はありません」

配下の武士たちは、開け放たれた障子の傍に佇んでいた黒沢に報せた。

「そうか。御苦労。引き続き、宿直をな」

黒沢は命じた。

「はっ。心得ております」

配下の武士たちは、廊下に出て障子を閉め、その前に座って宿直に就いた。

黒沢は、障子に映える宿直に就いた配下たちの影を一瞥《いちべつ》し、座って吐息を洩らした。

刹那、左近が天井から黒沢の背後に音もなく飛び降りた。

黒沢は、振り返ろうとした。

左近は、黒沢の首に腕を廻した。

黒沢は、眼を剝いて仰天した。

左近は、黒沢の首を絞めた。
黒沢は、微かに呻いて踠《もが》いた。
左近は、首に巻いた腕に力を込めた。
黒沢は、眼を剝いて泡を吹いた。
左近は絞めた。
黒沢は息絶え、前のめりに崩れた。
燭台の火が瞬いた。

四

尾張藩総目付の黒沢主水正は、左近に首を絞められて息絶えた。
左近は、黒沢主水正の死を見定めた。
瞬いていた燭台の火が消えた。
闇が訪れた。
「黒沢さま……」
宿直の配下たちが、障子の外から声を掛けて来た。

「どうしました、黒沢さま……」

「黒沢さま、御免……」

宿直の配下たちが入って来て、手燭で暗い用部屋を照らした。

用部屋には黒沢が斃れていた。

「黒沢さま……」

配下の武士たちは驚き、慌てて辺りを見廻した。

用部屋には、黒沢の死体の他に誰もいなかった。

配下の武士たちは、黒沢が死んでいるのを見定めた。

「し、死んでいる……」

「く、曲者だ……」

配下の武士の一人が叫んだ。

「曲者だ。出合え、出合え……」

配下の武士たちは騒ぎ出した。


左近は、表御殿の屋根に現れた。

尾張藩江戸下屋敷は、黒沢が殺された事で騒ぎになっていた。

左近は、冷ややかに見守った。
周囲に殺気が湧いた。
尾張裏柳生の忍び……。
左近は、夜の闇を透かし見た。
尾張裏柳生の忍びの者が現れ、左近に十字手裏剣を投げた。
左近は、夜空に跳んで十字手裏剣を躱して棒手裏剣を連射した。
数人の尾張裏柳生の忍びの者は、左近の棒手裏剣を受けて倒れた。
左近は屋根に下りた。
尾張裏柳生の忍びの者は、忍び刀や苦無を構えて殺到した。
左近は、無明刀を抜き打ちに放った。
閃光が縦横に走り、尾張裏柳生の忍びの者が続けて倒れた。
尾張裏柳生の忍びの者は、猛然と斬り掛かってきた。
左近は、修羅《しゅら》の如く斬り合った。
指笛が甲高く鳴り響き、尾張裏柳生の忍びの者たちは一斉に退いた。
左近は、構えを解いて無明刀の鋒《きっさき》を下げた。
鋒から血が滴り落ちた。

闇が微かに揺れた。

左近は、棒手裏剣を素早く放った。

棒手裏剣は闇を貫き、忍び姿の如月兵衛が浮かぶように現れた。

「日暮左近か……」

如月兵衛は、怒りに満ちた眼で左近を睨み付けた。

「如月兵衛……」

左近は、笑みを浮かべた。

「おのれ、よくも黒沢主水正さまを……」

「次はお前だ……」

左近は、無明刀を構えた。

「黙れ……」

如月兵衛は、腰から引き抜いた二尺程の長さの棒を両手に握り、猛然と左近に向かって走った。

左近も瓦を蹴り、兵衛に向かって走った。

兵衛は、左近との間合いに入った瞬間、右手の棒を振り下ろした。

棒の先から分銅《ふんどう》が飛び出し、鎖を伸ばして左近に襲い掛かった。

二尺程の棒は、振り杖《じょう》の短い千鳥鉄《ちどりがね》だった。
左近は咄嗟《とっさ》に、無明刀で千鳥鉄の分銅を打ち払った。
次の瞬間、分銅の鎖は無明刀に巻き付いた。
左近は、無明刀から鎖を外そうとした。
刹那、兵衛は残る短い千鳥鉄を振った。
分銅が飛び出し、左近の顔に鎖を伸ばした。
左近は、僅かに仰け反って分銅を躱し、兵衛に鋭く体当たりをした。
兵衛は仰け反り、跳び退いた。
無明刀に巻き付いていた分銅の鎖が外れた。
左近は、大きく踏み込んで無明刀を一閃した。
兵衛は、咄嗟に短い千鳥鉄で無明刀を受けた。
無明刀は、短い千鳥鉄を斬り飛ばした。
兵衛は怯んだ。
左近は、兵衛に迫った。
兵衛は、斬り飛ばされた短い千鳥鉄を左近に投げ付けた。
左近は躱した。

兵衛は、手鉾《てぼこ》を振るった。
手鉾は、蒼白《あおじろ》く輝きながら左近に迫った。
左近は、無明刀で打ち払った。
火花が飛び散った。
左近と兵衛は、無明刀と手鉾で鋭く斬り結んだ。
表御殿から奥御殿の屋根を走り、跳んで斬り合いは続いた。
奥御殿の離れ家は、江戸湊の暗い海に臨んでいた。
左近は、奥御殿の離れ家の屋根に立って無明刀を頭上高く構えた。
天衣無縫《てんいむほう》の構えだ。
兵衛は、左近が隙だらけになったのを笑った。
「此れ迄だ。日暮左近……」
兵衛は、左近の天衣無縫の構えを笑い、手鉾を構えて左近に走った。
左近は、無明刀を頭上高く構えて微動だにしなかった。
兵衛は、手鉾を構えて左近に走り、鋭く斬り付けた。
剣は瞬速《しゅんそく》……。
無明斬刃《むみょうざんじん》……。

左近は、無明刀を真っ向から斬り下げた。
煌めきが交錯した。
左近と兵衛は、残心《ざんしん》の構えで凍て付いた。
潮騒が響き、潮の香りに血の臭いが混じった。
次の瞬間、兵衛は手鉾を落とし、大きな弧を描いて暗い海に転落した。
左近は、残心の構えを解いて暗い海を見下ろした。
暗い海は波が打ち寄せるだけで、兵衛の姿は見えなかった。
左近は、無明刀を一振りした。
鋒から血が飛んだ。
左近は、無明刀を鞘《さや》に納めて周囲の闇を窺った。
尾張裏柳生の忍びの殺気は消えていた。
左近は、夜の闇に大きく跳んだ。
潮騒は静かに響いた。
尾張藩江戸下屋敷にいる尾張裏柳生の忍びは、頭の如月兵衛を失って鳴りを潜めた。

左近は、岩倉藩近習頭の桂木左馬之助に尾張藩総目付の黒沢主水正と尾張裏柳生の頭である如月兵衛を葬った事を告げた。

「そうですか、黒沢主水正と如月兵衛を葬りましたか……」

桂木は、微かな安堵を浮かべた。

「うむ……」

左近は頷いた。

「ならば、尾張藩も此れで少しは大人しくなるでしょう」

「それなら良いが、尾張藩が此れからどう出るか……」

左近は眉をひそめた。

「左様。何と云っても尾張は大藩。油断はならない……」

「うむ。烏坊と猿若に殿の警固、怠りないように命じておく……」

「頼みます。我らは上屋敷を始め、江戸の屋敷の護りを固めます」

「うむ……」

左近は頷いた。

桂木左馬之助は、藩主榊原直孝と江戸家老宮本嘉門《みやもとかもん》に事の次第を報せ、江戸屋敷の護りを固めた。

左近は、烏坊と猿若に黒沢主水正と如月兵衛を斃した事を告げ、引き続いて藩主榊原直孝の警固を厳しくするように命じた。

「尾張裏柳生の忍びの者共、頭の如月兵衛を失ってどう出るか。くれぐれも油断するな」

「はい。直孝さまのお傍から片時も離れはしません」

烏坊は、張り切った。

「直孝さまも我らを信じて下さり、不審な事があれば直ぐに報せてくれます」

烏坊は、慎重に告げた。

「そうか、直孝さまがな……」

直孝は、烏坊と猿若を信じている。

「はい……」

烏坊は頷いた。

左近は、岩倉藩主の榊原直孝が聡明《そうめい》な若者だと知った。

岩倉藩江戸上屋敷は平穏な日々が続いた。

だが、桂木左馬之助と北島京一郎は、厳しい警戒を続けた。

夜、岩倉藩江戸上屋敷が騒《ざわ》めいた。

美濃岩倉藩の国許から急使が来たのだ。

江戸上屋敷に緊張が漲った。

桂木左馬之助は、急使を藩主榊原直孝と江戸家老の宮本嘉門のいる御座之間《ござのま》に伴った。

急使は、岩倉藩国家老早川織部《はやかわおりべ》の書状を携えた目付の風間弥十郎《かざまやじゅうろう》だった。

「御苦労だったな、風間……」

榊原直孝は、風間弥十郎を労った。

「はっ。御家老早川さまの書状にございます」

風間は、書状を差し出した。

桂木は、早川の書状を受け取って直孝に取り次いだ。

直孝は、書状を読み始めた。

桂木と江戸家老の宮本は、書状を読む直孝を見守った。

「おのれ、尾張藩め……」

直孝は、厳しい面持ちで吐き棄てた。

「殿……」

江戸家老の宮本は、白髪眉をひそめた。

「尾張藩の者共が国境を越えて岩倉山に侵入して来たそうだ……」

直孝は、怒りに声を震わせた。

「尾張藩の者共が岩倉山に……」

桂木は緊張した。

「はい。警戒していた者共が追い払い、護りを固めましたが、その後も侵入を続け、忍びの者も……」

風間は報せた。

「忍びの者……」

桂木は眉をひそめた。

「はい。尾張柳生に拘わる忍びかと……」

風間は読んだ。

「うむ。尾張裏柳生の忍びの者に相違あるまい……」

桂木は、厳しさを滲ませた。

「尾張藩、我らが言いなりにならぬと知り、力押しに岩倉山や我が藩を支配する企てだ」

直孝は読んだ。

「おのれ……」

宮本は、嗄れ声を怒りに震わせた。

「如何《いかが》致す、桂木……」

直孝は、桂木に出方を相談した。

「はい。尾張裏柳生の忍びが絡んでいるとなると、迂闊《うかつ》な真似をすれば死人が増えるばかり。此処は私が参ります」

桂木は告げた。

「桂木、一人でか……」

直孝は心配した。

「いえ。日暮左近どのと……」

桂木は、小さく笑った。

「おお。日暮左近か……」

直孝は、左近の働きを知っており、安堵を浮かべた。

「日暮左近どのが一緒に行ってくれるかどうかは、未だ分かりませんが……」

桂木は告げた。

「尾張藩、江戸では埒《らち》が明かぬと思い、岩倉山を押さえに掛かったか……」

左近は知った。

「うむ。それ故、岩倉に帰るが、一緒に来ては貰えぬか……」

桂木は頼んだ。

「分かった。岩倉に行こう」

左近は頷いた。

「忝《かたじけな》い……」

桂木は礼を述べた。

「いや。して出立《しゅったつ》は……」

「今夜。使いに来た目付の風間弥十郎も一緒に……」

桂木は告げた。

「ならば、先に出立してくれ。私は後から追い掛ける」

左近は告げた。

「日暮どの……」

桂木は、戸惑いを浮かべた。

「留守の間の手当てをな……」

「そうか……」

「うむ。直ぐに追い付く」

左近は笑った。

神田川には荷船が行き交っていた。

柳森稲荷前の葦簀掛けの飲み屋の周囲では、僅かな人々が茶碗酒を楽しんでいた。

左近は、葦簀を潜った。

「おう……」

老亭主の嘉平が左近を迎えた。

「酒を貰おう」

左近は酒を頼んだ。

「ああ……」

嘉平は、角樽の酒を湯吞茶碗に満たして左近に差し出した。

左近は、湯呑茶碗の酒を飲んだ。

「何か用か……」

嘉平は眉をひそめた。

「頼みがある……」

左近は、湯呑茶碗の酒を飲み干し、嘉平を見詰めた。

神田川を行く船の櫓の軋《きし》みが、夜空に甲高く響いた。


左近は、己が留守の間に万が一の事があれば柳森稲荷の嘉平を頼れと、烏坊と猿若に命じた。

「柳森稲荷の嘉平さんですか……」

猿若は訊き返した。

「分かりました。俺と猿若の手に余る事が起きた時はそうします」

烏坊は頷いた。

「うむ。とにかく烏坊と猿若は、榊原直孝の命を護り抜くのだ。依頼を受けた忍びの者としてな」

左近は命じた。

「心得ました」

「必ず……」

烏坊と猿若は、喉を鳴らして頷いた。

「よし。ならば、頼む。私は岩倉に走る……」

左近は笑った。


夜は更けた。

近習頭の桂木左馬之助は、後の事を江戸家老の宮本嘉門と近習の北島京一郎に託し、目付の風間弥十郎と既に岩倉藩江戸上屋敷を出立していた。

左近は旅立った。

尾張藩名古屋《なごや》までは江戸から八六里（約三三八キロ）、国境を接している美濃国岩倉藩迄は凡《およ》そ九〇里（約二九五キロ）だ。

一日十里進めば九日の距離だ。

一五里進めば六日、二〇里進めば四日半だ。

忍びの者の左近が走れば、途中で桂木や風間を追い抜いて先に岩倉藩に着く。

よし……。

左近は、地を蹴って猛然と走り出した。

夜の町は暗く寝静まっていた。

左近は、黒い旋風となって音もなく駆け抜けた。


江戸から凡《おおよ》そ九〇里、美濃国岩倉藩は二万石の貧しい藩だった。

領地に平地は少なく、多くの山の斜面に田畑が作られていた。

左近は、岩倉藩の城下町を見廻した。

宿場町でもない通りに賑わいはなく、静かな家並が続いていた。

左近は、町外れにある小さな古い茶店の縁台に腰掛け、老亭主に茶を注文した。

行き交う領民たちは、慎ましく質素な姿をしていた。

「お待たせ致しました」

老亭主が、左近に茶を持って来た。

「うん……」

左近は茶を飲んだ。

「静かな町だな……」

左近は、店先の掃除を始めた老亭主に声を掛けた。

「はい。それだけが取り柄の町です」

老亭主は苦笑した。

「そうか……」

「ええ。此れといった名物や名所もなく、旅のお人も余り通らない。山の奥には湯治場があるんですが、うちの店と同じでして……」

「この店と同じ……」

左近は、茶店を見廻した。

「ええ。古くて小さく、お客は滅多に来ない、って奴ですよ」

老亭主は笑った。

「成《な》る程《ほど》……」

左近は苦笑した。

貧しい藩の領民にしては、刺々《とげとげ》しくなく穏やかなものだ。

それは、岩倉藩が領民に無用な力を加えず、真っ当な政《まつりごと》をしている証なのだ。

左近は、藩主榊原直孝の若く溌溂《はつらつ》とした顔を思い浮かべた。

「ところで亭主、岩倉山は何処だ……」

左近は尋ねた。

「岩倉山は、あの山ですよ」

老亭主は、東に見える山を指差した。

左近は山を眺めた。

「あれが岩倉山か……」

「お侍さん、行くのなら気を付けた方がいいですよ」

老亭主は眉をひそめた。

「どういう事だ」

左近は、戸惑いを浮かべた。

「岩倉山の東の麓が尾張藩との国境でしてね。山菜を採りに行って迷い、つい国境を越えると尾張藩の役人に捕らえられる、なんて事もありますからね」

「ほう。尾張藩、そんなに厳しいのか……」

「ええ。噂じゃあ、隙あらば此の岩倉藩を飲み込もうとしているとか……」

老亭主は囁いた。

「飲み込むか……」

「御三家の六一万石が外様の二万石を、造作もない事ですよ」

老亭主は、腹立たし気に告げた。

「そうか……」

左近は、岩倉山を眺めた。

第三章　隠し金山

一

岩倉山は、岩倉藩領内の東の端にあり、麓には深い森が続き、奥に岩倉渓谷がある。

岩倉渓谷を流れる渓流が、砂金が最初に見付かった処《ところ》なのだ。そして、その近くに隠し金山があるのだ。

左近は、岩倉川の流れを遡《さかのぼ》り、岩倉渓谷に向かった。

里の岩倉川は川幅も広く、その左右に釣り人のいる長閑《のどか》な光景が続いた。

左近は、岩倉川沿いの道を上流に進んだ。

岩倉川は幾つかの小さな流れと合流し、坂や林を抜けて岩倉山に続いている。

そして、流れの幅は上流に行く程に狭くなり、川沿いの道は途切れた。

左近は、道のない岩倉川の岸辺と岩場を伝って上流に進んだ。

暗い森が続いた。

左近は進んだ。

明るさが一気に広がった。

左近は、切り立つ崖の続く渓谷に出た。


岩倉川の流れは、岩場に当たって白い波飛沫《しぶき》をあげ、音を鳴らして激しい勢いで流れていた。

砂金の見付かった岩倉渓谷か……。

左近は、左右の切り立つ崖を見廻した。

切り立つ崖の上には、日差しが眩しく煌めいていた。

左近は、眼を細めて手を翳《かざ》した。

渓流の一定の拍子の音に、異質の音が混じった。

左近は、咄嗟に岩陰に跳んだ。

十字手裏剣が唸りを上げて飛来し、左近のいた場所を飛び抜け、岩に当たって跳ね返った。

尾張裏柳生の忍び……。

左近は、周囲を見廻した。

周囲の崖は静けさに満ちていた。

よし……。

左近は、岩陰から出て殺気を放った。

崖の上に殺気が涌き、尾張裏柳生の忍びの者が現れた。

左近は、拳大の石を投げた。

尾張裏柳生の忍びは、崖を跳んで渓流を間にした岩場に下りて身構えた。

「何者だ……」

尾張裏柳生の忍びの者は、渓流越しに左近を見据えた。

「尾張裏柳生の忍びか……」

左近は見据えた。

「命が惜しければ、早々に立ち退け……」

尾張裏柳生の忍びの者は命じた。

「此処《ここ》は岩倉藩領内、尾張裏柳生の忍びに指図される謂《いわ》れはない」

左近は冷笑した。

「お、おのれ……」

尾張裏柳生の忍びの者は戸惑った。

「今から岩倉藩領内に侵入する者は容赦なく斬り棄てる」

左近は云い放ち、岩を蹴って尾張裏柳生の忍びの者に大きく跳んだ。

尾張裏柳生の忍びの者は、慌てて忍び刀を抜いた。

刹那、左近は無明刀を抜き打ちに斬り下げた。

尾張裏柳生の忍びの者は、真っ向から斬り下げられ、抜いた忍び刀を握ったまま仰向けに斃《たお》れた。

左近は、尾張裏柳生の忍びの者の死を見定め、周囲に殺気を放った。

応ずる殺気はなかった。

よし……。

左近は、渓流からの岩倉山の奥に続く山道を見付け、踏み込んだ。

山道は、森の中に続いていた。

左近は、辺りを警戒しながら油断なく進んだ。

森の木々の隙間から差し込む日差しは、草木を煌めかせていた。

左近は、微かな物音を聞き、山道に伏せた。

男たちの入り乱れた足音が、森の木々の向こうから僅かに聞こえた。

左近は、入り乱れた足音の聞こえる方に向かって草の茂みに入った。

山道では、草むらを進んで別の山道に出た。

山道では、見廻り姿の四人の役人が、十人程の編笠を被った武士たちと斬り合っていた。

岩倉藩と尾張藩の者たちか……。

左近は見守った。

四人の役人は、編笠を被った武士たちに取り囲まれた。

「此れ迄だ……」

編笠の武士たちは、薄笑いを浮かべて四人の役人に迫った。

「お、おのれ、尾張……」

四人の役人は、悔し気に刀を構えていた。

役人が岩倉藩士であり、編笠の武士たちは尾張藩の者なのだ。

左近は見定めた。

編笠の武士たちは、四人の岩倉藩士に猛然と斬り掛かった。
刹那、左近が棒手裏剣を放った。
編笠の武士の一人が、棒手裏剣を首に受けて仰け反り斃れた。
残る編笠の武士たちは怯み、四人の岩倉藩士は戸惑いながらも囲みを破った。
左近は、木の梢から棒手裏剣を編笠の武士たちに投げ続けた。
編笠の武士たちは、棒手裏剣を受けて次々に倒れ、怯んだ。
左近は、木の梢から大きく跳び、編笠の武士たちの背後に下りた。
「おのれ。何者だ……」
編笠の武士たちは、刀を構えて左近に立ち向かった。
「尾張藩の無法な振舞いを許せぬ者……」
左近は、薄笑いを浮かべた。
「おのれ……」
編笠の武士たちは、一斉に左近に斬り掛かった。
左近は、無明刀を一閃した。
編笠の武士は、血を飛ばして倒れた。
左近は、無明刀を縦横に煌めかせて編笠の武士たちを蹴散らし、次々に斬り棄てた。
編笠の武士たちは次々に倒れ、残る一人になった。
「残るはお前一人……」
左近は、只一人残った編笠の武士に笑い掛けた。
編笠の武士は、恐怖に激しく震えて身を翻した。
左近は、斬り棄てた編笠の武士の刀を取り、逃げる編笠の武士に投げた。
刀は飛び、逃げる編笠の武士の背に鈍い音を立てて突き刺さった。
編笠の武士は、前のめりに斃れた。
左近は、無明刀を下げて周りの森の中を窺った。
森の中には人影や殺気はなく、小鳥の囀りが響き始めた。
左近は、無明刀を一振りして鋒《きつさき》から血を飛ばして鞘に納めた。
背後に人の来る気配がした。
左近は振り返った。
岩倉藩の四人の役人が、初老の武士と配下の者を連れて来た。
「やあ、おぬしか、家中の者をお助け下さったのは……」
初老の武士が、斃れている編笠の武士たちを一瞥し、左近に笑い掛けた。

「私は岩倉藩国家老早川織部。礼を申す。して、おぬしは……」

初老の武士は名乗り、左近を見詰めた。

「私は日暮左近……」

左近は名乗った。

「おお、おぬしが日暮左近どのか。江戸で娘の沙織がお助けいただいたとか」

岩倉藩国家老の早川織部は、左近が助けた沙織の父親だった。

「いえ。偶々《たまたま》の事です……」

左近は苦笑した。

「して……」

早川は眉をひそめた。

「桂木さんと風間さんは、後から来ます」

左近は告げた。

「そうでしたか。ならば、此方《こちら》に……」

早川は、配下の者たちに編笠の武士たちの死体の始末を命じ、左近を一方に誘った。

左近は続いた。

早川は、左近を伴って森を抜け、岩倉山の岩場に出た。

岩場には関所が設けられ、番士たちが詰めていた。

早川は、左近を伴って関所に入った。

関所は、尾張藩の者たちの侵入を食い止める為のものだった。

早川は、左近を詰所に誘った。

「どうぞ……」

番士頭《ばんしがしら》が、早川と左近に茶を持って来た。

「日暮どの、此れなるは当関所の番士頭柴田平蔵《しばたへいぞう》だ」

早川は、左近に番士頭の柴田平蔵を引き合わせた。

「柴田平蔵です」

柴田平蔵は、日に焼けた顔を綻《ほころ》ばせて左近に挨拶をした。

「日暮左近です」

左近は名乗った。

「平蔵、日暮どのは、江戸に出て行った尾張裏柳生の忍びの者共を蹴散らし、如月兵衛を斃したそうだ」

早川の許には、既に桂木左馬之助から報せが届いているようだった。

「そいつは凄い……」

柴田平蔵は、素直に感心した。

「いえ。それで、尾張藩の者共は……」

「左様。ああして一帯から我が藩家中の者や領民を追い出そうとしているのです」

「そして、尾張藩が岩倉藩の者がいなくなった処《ところ》を支配しますか……」

「左様。そして、支配地を広げ、いつかは……」

早川は、厳しさを滲《にじ》ませた。

「隠し金山を無法に支配し、岩倉は尾張領だと云い出しますか……」

左近は読んだ。

「如何《いか》にも。何分にも隠し金山、公儀に訴え出る訳にも参らず……」

早川は、顔を微かに歪めた。

左近は、岩倉藩国家老早川織部の苦しい胸の内を読んだ。

「して、このところ、尾張藩の者共の岩倉山侵入が激しくなったとか……」

左近は尋ねた。

「左様。何故かと思っていた時、江戸表《おもて》から左馬之助の書状が参った。尾張の老職の竹腰正純を脅し、総目付の黒沢主水正と尾張裏柳生の如月兵衛を葬ったとな。それで、江戸での暗闘に敗れた尾張藩が力攻めを始めたと知ったのだ」

早川は苦笑した。

「そうでしたか……」

「如何に御三家の尾張藩といえども、岩倉山の隠し金山を公儀に内緒で手に入れようとしていると知れれば只では済まぬ。それ故、決着を急いでいる……」

早川は読んだ。

「分かりました。桂木さんが到着して次の策を決める迄、私が尾張の侵入者を追い払いましょう」

左近は、不敵に云い放った。

国家老早川織部は、配下の者を従えて城下に戻って行った。

関所は、岩倉山の崖の山道に設けられており、隠し金山への唯一の道の出入口だった。

左近は、関所の番士頭の柴田平蔵と関所の護りを固めた。

陽は西に大きく傾いた。

尾張藩と尾張裏柳生は、配下の者たちが戻らないのに不審を抱き、忍びの者を放つ筈だ。

「柴田さん、尾張藩の夜討ち、今迄には……」

左近は尋ねた。

「今迄にはありませんが、今夜辺りは……」

平蔵は、危険な予感がするのか、緊張を滲ませた。

「来るかもしれぬか……」

「はい……」

平蔵は頷いた。

「よし。ならば、迎え討つ仕度をしよう」

左近は、不敵な面持ちで告げた。

「迎え討つ……」

平蔵は眉をひそめた。

「如何にも……」

左近は笑った。

左近は、柴田平蔵や番士たちと関所の補強をし、その前に様々な防御を施した。

日は暮れた。

平蔵は、尾張藩の夜襲に備えて番士たちの殆《ほとん》どを休ませた。そして、僅かな配下と見張台に上がった。

見張台には左近がいた。

「如何《いかが》ですか、日暮どの……」

平蔵は、張り切っていた。

「今のところ、変わった事はない……」

左近は、山道の左右に広がる林の闇を見据えていた。

「そうですか。ならば、我らが見張りますので、休んで下さい」

平蔵は、左近に休息を勧めた。

「うむ……」

左近は、山道の奥の闇を見据えた。

山道の奥の闇が微かに揺れた。

「柴田さん、休んではいられぬようだ……」

左近は苦笑した。

「えっ……」

平蔵は戸惑った。

「篝火を絶やさず、皆を配置に付けろ」

左近は命じた。

「はい……」

平蔵は頷き、配下に手配りを急がせた。

左近は、山道と左右の林の闇を見詰めた。

山道の奥の闇が激しく揺れ、男の悲鳴が微かに聞こえた。

「日暮どの……」

平蔵は眉をひそめた。

「尾張藩の者が仕掛けに掛かったようだ」

左近は笑った。

左近と平蔵たちは、山道に縄を張り、引っ張られたら竹槍が突き出る仕掛けをして置いたのだ。

尾張藩の武士たちは仕掛けに気が付かず、何人かが竹槍を受けて倒れたのだ。

左近は読んだ。

「おのれ……」

尾張藩の頭分の武士は熱《いき》り立った。

山道の左右から飛び出した竹槍は、数人の尾張藩の武士を倒した。

頭分の武士は、山道の奥にある岩倉藩の関所を窺った。

関所には篝火が焚かれ、数人の番士の姿が見えた。

特に変わった様子は窺えないが、待ち伏せの仕掛けに数人の配下が倒されたのは確かだ。

頭分の武士は、配下の武士に慎重に進めと命じた。

「柴田さん……」

左近は、平蔵を促した。

「はい。皆……」

平蔵と配下の者は、弓に矢を番《つが》えた。

左近は、山道に現れた尾張藩の武士たちを見据えた。

尾張藩の武士たちは、山道の左右の林を警戒しながら進んだ。

何事もなく関所が近付いて来た。

刹那、尾張藩の武士が悲鳴を上げて倒れた。

山道に撒き菱が撒かれていたのだ。

尾張藩の武士の数人が蹲《うずくま》った。

次の瞬間、関所から矢が次々に飛来した。

尾張藩の武士たちは、飛来した矢に射られて次々に倒れた。

「走れ……」

尾張藩の頭分の武士は、残った配下の武士を率いて関所に向かって走った。

「射て、射て……」

平蔵は、配下の者と次々に矢を射た。

山道から走り寄る尾張藩の武士たちは、必死に山道の左右の木々の陰に隠れた。

平蔵たちの矢は、木々の幹に突き刺さった。

「よし。弓は此れ迄だ。後は私が始末しよう」

左近は、関所の見張台から跳び下りた。
平蔵と番士たちは見送った。
関所の前に下りた左近は、尾張藩の武士が左右の林に潜んだ山道に走った。

左近は、山道に走った。
左右の林から尾張藩の武士たちが現れ、左近に斬り掛かった。
左近は跳んだ。
無明刀が閃光を放った。
血が飛んだ。
左近は、尾張藩の武士たちの頭上を跳んで着地した。
二人の尾張藩の武士が倒れた。
残る尾張藩の武士は、頭分の者を入れて五人になった。
「最早《もはや》、逃げ道はない……」
左近は、山道に立って無明刀を一振りした。
鋒《きつさき》から血が飛んだ。
「お、おのれ……」

尾張藩の頭分の武士は、怯みながらも刀を翳して左近に突進した。
残る尾張藩の武士が続いた。
左近は踏み込み、無明刀を斬り下げた。
頭分の武士は、真っ向から斬り下げられて崩れるように沈んだ。
左近は、続く尾張藩の武士に無明刀を閃かせた。
無明刀は閃光となり、縦横に閃いた。
尾張藩の武士は、次々に血を飛ばして倒れた。
左近は、残心の構えを取った。
静寂が訪れ、血の臭いが漂った。
左近は、尾張藩の武士の気配を捜した。だが、気配はなかった。
左近は、残心の構えを解いた。
平蔵と番士たちが関所から駆け出してきて、斃れている尾張藩の武士たちを検《あらた》めた。
尾張藩の武士たちは、皆一太刀で斬り棄てられていた。
「日暮どの……」
平蔵は、左近に感嘆の眼を向けた。

「次は尾張裏柳生の忍びが来るだろう。死体を早々に片付けるのだ」

左近は告げた。

「はい。皆、聞いた通りだ」

平蔵と番士たちは、尾張藩の武士たちの死体を片付け始めた。

尾張裏柳生の忍びはこうはいかぬ……。

左近は、山道と左右の林の闇を厳しい面持ちで窺った。

二

「何、夜討ちを仕掛けた者共、一人も戻らないだと……」

尾張藩中老《ちゆうろう》の平手長門《ひらてながと》は眉をひそめた。

「はい……」

目付頭《めつけがしら》の水野主膳《みずのしゆぜん》は、腹立たし気に頷《うなず》いた。

「玄無斎、江戸の黒沢主水正や如月兵衛を斃した者が現れたか……」

平手長門は、痩せた白髪の老人に尋ねた。

「どうやら、そのようですな……」

尾張裏柳生の御館柳生玄無斎《やぎゅうげんむさい》は苦笑した。

「おのれ。何者だ、そ奴は……」

平手長門は苛立った。

「日暮左近という名のはぐれ忍びだそうですが、詳しい素性は未だ……」

玄無斎は告げた。

「日暮左近、総目付の黒沢主水正さまを斃し、我が配下を蹴散らしたとなると、何としてでも葬らなければならぬ」

目付頭の水野主膳は、怒りを過ぎらせた。

「うむ。水野、玄無斎、江戸で埒《よ》が明かなかった此の一件、我らの手で必ず決着をつける。良いな……」

平手長門は、水野主膳と柳生玄無斎を見据えた。

「心得ました」

水野主膳は頷いた。

柳生玄無斎は、小さな笑みを浮かべた。

岩倉山の隠し金山は、関所から山道を半里程下った処にあった。

左近は、関所の番士頭の柴田平蔵に誘われて隠し金山を訪れた。

滝は霧のような飛沫を散らし、轟音《ごうおん》を立てて流れ落ちていた。

隠し金山は滝の傍の洞窟であり、周囲に柵が巡らされ、多くの番士たちが警戒していた。そして、金掘《かねほり》人足たちが忙しく金を掘り出していた。

「此処が隠し金山か……」

左近は見廻した。

「ええ。何もない岩倉藩に天が与えてくれたお宝。我が殿は、此のお宝を公儀や尾張藩から護り抜き、家臣と領民の為に使いたいとの仰せ……」

平蔵は、嬉し気に告げた。

「うむ。それは私も聞いている……」

左近は頷いた。

「そうですか、ありがたい事です……」

平蔵は笑った。

「ならば、柴田どの。搦手《からめて》の警固はどうなっている……」

「はい。此方《こちら》です」

左近は、平蔵の案内で隠し金山の警固を見て廻った。

岩倉渓谷には、急流が岩に砕け散る音が響いていた。
尾張裏柳生の忍びの頭岩木兵馬《いわきひょうま》は、配下の者共を従えて岩倉渓谷から山道に進んだ。
岩倉藩の関所にいる日暮左近なるはぐれ忍びを調べろ……。
岩木兵馬は、御館の柳生玄無斎の言葉を思い出しながら岩場から森に続く道を進んだ。
如月兵衛を斃した日暮左近……。
岩木兵馬は、日暮左近がどれ程の忍びの者か見定めるつもりだ。
森には木洩れ日が煌めき、小鳥の囀りが飛び交っていた。
岩木兵馬と配下の忍びの者は、気配や殺気を消して森の中を進んだ。
左近は、隠し金山の警固の手直しに柴田平蔵を残して関所に戻った。
「日暮どの……」
近習頭の桂木左馬之助が、江戸から到着していた。
「おお、桂木さん……」

「先程、到着しましてね……」

桂木は、未だ旅装を解いていなかった。

「それは、御苦労でした。目付の風間弥十郎どのは……」

左近は尋ねた。

「真っ直ぐ、国家老の早川織部さまの許に行きました」

「そうですか。先ずは水でも浴びて休息して下さい。話はそれからです」

左近は頷いた。

「うむ。それにしても日暮どの、昨夜は見事な働きだったそうですな」

桂木は笑った。

「昨夜は尾張藩の者共。おそらく今日は尾張裏柳生の忍びが来るでしょう」

左近は読んだ。


尾張裏柳生の忍びの頭岩木兵馬は、二人の配下に関所に忍び込み、夜になったら騒ぎを起こして手引きをするように命じた。

二人の尾張裏柳生の忍びの者は、山道の左右の森を行き交いながら関所に向かった。

森の茂みには鳴子《なるこ》が張られていた。

兎《うさぎ》や狸《たぬき》ではない……。

忍びの者の一人は、嘲りを浮かべて鳴子を躱し、大木に寄った。

足の踵《かかと》が何かを踏んだ。

ぷつ……。

何かが切れる音が小さく鳴った。

次の瞬間、頭上から竹槍が落ちて来た。

忍びの者は、咄嗟に身を投げ出して躱した。だが、続いて落ちて来た竹槍が忍びの者の太股を貫いた。

忍びの者は、突き上がる激痛を懸命に堪《こら》えた。

残る忍びの者は、森の茂みに忍んで関所を窺った。

関所の門は閉じられ、番士たちが厳しく警戒していた。

忍びの者は見守った。

番士たちが関所から現れ、周囲の見廻りに行った。

関所の門は、開けられたままだった。

よし……。

忍びの者は茂み沿いに走り、門の開けられたままの関所に忍び込んだ。

岩倉藩の関所の内に入った忍びの者は、素早く物陰に隠れた。

見廻りに出て行った番士たちが関所に戻り、門を閉めた。

忍びの者は、物陰から納屋に隠れた。

納屋に忍び、夜になったら騒ぎを起こして頭の岩木兵馬たちを手引きする。

それ迄、納屋に忍ぶ……。

忍びの者は決めた。

「何を企んでいる……」

男の声がした。

忍びの者は、弾かれたように立ち上がった。

刹那、左近が襲い掛かり、忍びの者を当て落とした。

忍びの者は、呻き声も上げずに気を失った。

桂木と柴田平蔵が入って来た。

「まんまと引っ掛かりましたね」

平蔵は笑った。

「ああ、柴田どの、此奴《こいつ》を裸にして吊るして下さい」

「心得ました……」

平蔵は、嬉々《きき》として忍びの者を下帯一本にして縛り、梁《はり》から吊るした。

「尾張裏柳生の忍びの者共、どうやらそこ迄、来ているようですね」

桂木は眉をひそめた。

「ええ。で、何を企んでいるのか吐かせます」

左近は、下帯一本で吊られた忍びの者に手桶の水を浴びせた。

忍びの者は、気を取り戻した。

「森に来ているのは尾張裏柳生の忍びの者共だな……」

左近は問い質《ただ》した。

「し、知らぬ……」

忍びの者は、顔を濡らした水を振り払った。

「そうか。何も知らぬか……」

「ああ……」

忍びの者は、開き直ったように頷いた。

「ならば、此迄《これまで》だ……」

左近は、冷笑を浮かべて無明刀を抜いた。

無明刀は鈍色《にびいろ》に輝いた。

忍びの者は、眼を瞑《つむ》って喉を鳴らした。

左近は、吊った裸の忍びの者に無明刀を振るった。

無明刀は、縦横に閃光を放った。

忍びの者の鬢の毛が斬り飛ばされ、顔や身体に浅い刀傷が幾つも走り、血が滲んだ。

肌を浅く斬る刃の煌めきは、閉じた眼の瞼の裏を赤くした。

そして、刃の臭いは、次第に血の臭いになっていった。

忍びの者は恐怖に震え、声にならない呻き声を洩らし続けた。

「切り刻んで獣の餌にしてくれる……」

左近は、笑い掛けた。

「や、止めてくれ……」

忍びの者は、恐怖に掠《かす》れた声を震わせた。

「役に立たぬ者がどうなるか、尾張裏柳生の忍びの者なら篤《とく》と知っている筈だ」

左近は、冷酷に告げた。

「それに今更、尾張裏柳生の忍びに戻ったところで、責められたとひと目で分かるお前はもう信用されず、消されるだけだ。違うか……」

左近は、忍びの者を厳しく見据えた。

「ああ……」

忍びの者は、己の置かれた立場を知って項垂《うなだ》れた。

「ならば、何もかも吐けば、解き放ってやる。裏柳生の眼の届かない処に行き、安穏に暮らすのだな」

左近は、穏やかに告げた。

「夜、関所に騒ぎを起こして手引きをする」

忍びの者は吐いた。

「やはり、そんなところか……」

左近は苦笑した。

「尾張裏柳生の忍びの頭は誰だ」

「岩木兵馬……」

「岩木兵馬か。して、お前は……」

「鬼八《おにはち》……」

「よし、鬼八、夜になる迄、此処にいて貰う」

左近は命じた。

左近は、桂木や平蔵と納屋を出た。

「聞いての通りです」

「信じられますか……」

平蔵は眉をひそめた。

「おそらく……」

左近は頷いた。

「ならば、どうします」

桂木は、左近の出方を訊いた。

「夜、関所に騒ぎを起こし、尾張裏柳生の岩木兵馬たちを誘い込みます」

左近は、楽しそうに笑った。

「分かりました」

桂木は、緊張した面持ちで頷いた。

尾張裏柳生の忍びの頭は岩木兵馬……。

左近は、尾張裏柳生の忍びの者を迎え撃つ仕度を始めた。

刻は過ぎ、日暮れが近付いた。


配下の一人は、森に仕掛けられた竹槍の餌食《えじき》になった。そして、もう一人の配下の鬼八は戻って来ない。

鬼八は関所に忍び込んだ……。

岩木兵馬は、戻らない配下の鬼八の動きをそう睨んだ。

よし……。

岩木兵馬は、配下の忍びの者と夜になるのを待つ事にした。


夜。

岩倉山は月明かりに照らされ、虫の音に覆われた。

尾張裏柳生の忍びの岩木兵馬は、配下の忍びの者を従えて岩倉の関所に近付いた。

岩倉の関所には篝火が焚かれ、門や見張台には番士たちが警戒をしていた。

岩木兵馬は、鬼八が関所内に騒ぎを起こし、手引きをするのを待った。
虫の音が続き、刻が過ぎた。
関所の奥に火の手が上がった。
騒めきが起き、番士たちが右往左往し、火の手の上がった関所の奥に走った。
鬼八が騒ぎを起こした。
尾張裏柳生の岩木兵馬と忍びの者は、身構えて鬼八の手引きを待った。
忍びの者が現れ、関所の門が開けた。
「容赦は無用。行くぞ……」
岩木兵馬は、配下の忍びの者に命じた。
配下の忍びの者は、関所の開けられた門に無言で殺到した。
虫の音は消えた。

尾張裏柳生の忍びの者たちは、岩倉関所に雪崩《なだ》れ込んだ。
次の瞬間、尾張裏柳生の忍びの先頭にいた者たちが次々と地面に消えた。
落とし穴だ。
落ちた忍びの者たちは、落とし穴の底に撒かれていた撒き菱の餌食《えじき》になった。

続く忍びの者たちは、思わず足を止めた。
関所の番士屋敷、納屋、蔵などの屋根に番士たちが現れ、一斉に弓で矢を射た。
周囲の建物の屋根から射られた矢は、容赦なく忍びの者たちに襲い掛かった。
忍びの者たちは、降り注ぐ矢に次々に倒されて後退した。
「おのれ……」
岩木兵馬は、企てが露見している事に気が付いた。
忍びの者たちは、関所から逃げ出した。
岩木兵馬は、見張台から矢を射る番士に十字手裏剣を投げた。
見張台の番士は、十字手裏剣を胸に受けて落下した。
太鼓の音が一つ、夜空に響いた。
矢を射ていた番士たちは、建物の屋根の上から一斉に消え去った。
岩木兵馬は、深手を負った忍びの者たちを背後に退かせた。
半分近い忍びの者が退いた。
「行くぞ……」
岩木兵馬は、再び岩倉の関所に残る忍びの者を進めた。
尾張裏柳生の忍びの者たちは、音もなく関所に侵入した。

刹那、夜空に煌めきが瞬き、二人の忍びの者が倒れた。
尾張裏柳生の忍びの者たちは、物陰や暗がりに跳んだ。
忍び……。
岩木兵馬は、関所の闇に眼を凝らした。
番士屋敷の屋根の上の闇が微かに揺れた。
岩木兵馬は、十字手裏剣を放った。
番士屋敷の屋根の上の闇が大きく揺れ、忍びの者が現れた。
尾張裏柳生の忍びの者たちは、一斉に番士屋敷の屋根に跳んだ。
左近は、取り囲んだ尾張裏柳生の忍びの者を見廻した。
「尾張裏柳生か……」
左近は苦笑した。
尾張裏柳生の忍びの者は、一斉に夜空に跳んで左近に十字手裏剣を放った。
十字手裏剣は、唸りを上げて落下した。
左近は、足元に置いてあった黒い布を素早く頭上で廻した。
十字手裏剣が弾かれて落ちた。

左近は、番士屋敷の屋根に跳び下りた尾張裏柳生の忍びの者たちに襲い掛かった。
接近戦に飛び道具は使えない。
尾張裏柳生の忍びの者たちは、忍び刀を抜いて左近に斬り掛かった。
左近は無明刀を一閃した。
尾張裏柳生の忍びの者は胸を斬られ、血を飛ばして番士屋敷の屋根から転げ落ちた。
忍びの者たちは怯まず、左近に猛然と斬り掛かった。
容赦はしない……。
左近は、無明刀を縦横に閃かせた。
尾張裏柳生の忍びの者は、次々に斬られて倒れ、退いた。
指笛が夜空に響いた。
尾張裏柳生の忍びの者は一斉に退いた。
左近は、背後に凄まじい殺気を感じて夜空に跳んだ。
分銅が鎖を伸ばして左近のいた処を貫いた。
左近は、跳び下りて無明刀を構えた。

岩木兵馬が千鳥鉄《ちどりがね》の鎖に付いた分銅を廻しながら現れた。
「日暮左近か……」
岩木兵馬は、左近を見据えた。
「尾張裏柳生の岩木兵馬だな……」
左近は冷笑した。
兵馬は、千鳥鉄の分銅を放った。
左近は、身体を回転させて躱し、一気に兵馬に迫った。
兵馬は飛び退いた。
左近は、無明刀を閃かせた。
兵馬は、千鳥鉄に分銅を納めて打ち掛かった。
千鳥鉄は振り棒となり、無明刀と激しく打ち合った。
次の瞬間、左近は無明刀を鋭く一閃した。
千鳥鉄は、中の鎖と共に両断された。
恐るべき無明刀の斬れ味だった。
兵馬は、驚きながらも両断された千鳥鉄を左近に投げ付けた。
左近は躱し、踏み込んだ。

兵馬は、跳び退きながら刀を抜いた。
左近は、鋭く斬り付けた。
兵馬は、刀で受けた。
刃が嚙み合い、火花が飛び、焦げる臭いが漂った。
左近と兵馬は、互いに跳び退いて対峙した。
「日暮左近、次は命を貰う……」
兵馬は、焙烙玉《ほうろくだま》を叩きつけた。
左近は跳び退いた。
焙烙玉が火を噴《ふ》いた。
左近は伏せ、収まるのを待った。
兵馬は消えていた。
左近は立ち上がり、関所内と門の外を鋭い眼差しで窺った。
尾張裏柳生の岩木兵馬と忍びの者は、既に消え去っていた。
虫の音が響き始めていた。
左近は、番士屋敷の屋根から跳び下りた。

着地した左近の許には、桂木左馬之助と柴田平蔵が駆け寄って来た。

「日暮どの……」

「尾張裏柳生の岩木兵馬と忍びの者は、どうやら引き上げたようだ」

左近は告げた。

「そうですか……」

桂木は頷いた。

「それにしてもお見事でした。お陰で関所が護れました」

平蔵は笑った。

「柴田どの、おそらく襲撃は未だ続く……」

左近は、厳しい面持ちで告げた。

「うむ。平蔵、警戒を厳しくして忍びの者共の亡骸《なきがら》を片付けるぞ」

「はい……」

桂木と平蔵は立ち去った。

左近は、関所の前の森を見詰めた。

森の闇は深く、虫の音に満ちていた。

三

岩倉城の天守閣は小さいが、城構えは隙のない質実剛健なものだった。

左近は、桂木左馬之助と登城した。

藩主の榊原直孝が参勤で江戸に行っている間、城は国家老の早川織部が護っていた。

桂木左馬之助と左近は、早川の許を訪れた。

「おお、日暮どの、昨夜の働きは聞きました。お陰で尾張の手から岩倉の関所が護られたとか、礼を申します」

早川織部は、左近に礼を述べた。

「いえ……」

「して、夜討ちを仕掛けて来たのは……」

「尾張裏柳生の岩木兵馬に率いられた忍びの者共にございます」

桂木は報せた。

「尾張裏柳生となると、柳生玄無斎か……」

早川は眉をひそめた。

「柳生玄無斎ですか……」

左近は、柳生玄無斎が尾張裏柳生の御館だと知っている。

「左様。そして、尾張藩中老の平手長門……」

早川は告げた。

「平手長門……」

左近は眉をひそめた。

「尾張藩の中老で、我が藩の隠し金山に気が付き、此度《こたび》の騒ぎの絵図を描いた者です」

桂木は告げた。

「ならば、その平手長門なる中老を……」

左近は、その眼を鋭く輝かせた。

「うむ。だが、平手長門は名古屋城の曲輪《くるわ》内に屋敷があり、柳生玄無斎配下の尾張裏柳生や目付頭の水野主膳なる者たちに護られており、討ち果たすのは至難の業《わざ》……」

早川は苦笑した。

「そうですか……」

「それに日暮どの、今は隠し金山を護るのが肝要《かんよう》かと……」

桂木は、苦し気に告げた。

「うむ……」

左近は頷いた。


岩倉城の曲輪の一角では、掘り出された金が製錬されていた。

桂木左馬之助は、左近を製錬場に案内した。

製錬場は、目付の風間弥十郎たちによって警備されていた。

職人たちは、金を含む岩を砕いて坩堝《るつぼ》炉に入れ、金を溶かして取り出し、型に流し込んで碁石金《ごいしかね》にしていた。

碁石金は、かなりの量になっていた。

「碁石金は未だ精錬しなければなりませぬが、既に五十万両近くある筈です」

桂木は告げた。

「五十万両か……」

五十万両がどれ程のものかは想像もつかないが、人を血迷わせ、乱心させるには充分なものだ。

それは、尾張藩の者でも同じなのだ。

左近は苦笑した。

坩堝炉からは、溶けた金が煙を上げて煌めきながら流れ出していた。

金の美しい煌めきは、人の心を乱し、血迷わせる……。

左近は、微かな寂しさを覚えた。


「日暮左近か……」

尾張裏柳生の御館柳生玄無斎は、上段の間から岩木兵馬を厳しく見下ろした。

「はっ……」

岩木兵馬は、苦し気に告げた。

「その日暮左近に夜討ちを読まれ、待ち伏せを仕掛けられ、追い返されて来たか……」

玄無斎は、長い白髪眉の下の細い眼を鋭く光らせた。

「申し訳ありませぬ……」

兵馬は平伏した。

「江戸の如月兵衛に続き、お前迄とは……」

玄無斎は、冷ややかに兵馬を見下ろした。

兵馬は、言葉もなく平伏したままだった。

「して兵馬。日暮左近、どのような忍びなのだ」

「はっ。素性は明らかではありませんが、関東の忍びの者で、忍びの技の他に恐るべき剣の遣い手にございます」

兵馬は告げた。

「剣の遣い手……」

玄無斎は、訊き返した。

「はい。配下の者共の手足の筋を斬って動きを封じ、手前の千鳥鉄を一太刀で両断する程の者にございます」

「そのような忍びか……」

「はい……」

兵馬は頷いた。

「ならば兵馬。急ぎ日暮左近を封じる手立てを考え、一刻も早く関所を破壊するのだ」

玄無斎は命じた。

「はっ。確《しか》と心得ました」

兵馬は平伏した。

玄無斎は、上段の間から消えた。


尾張裏柳生の忍びの襲撃は未だ続く……。

左近は睨み、岩倉の関所の周囲を見て廻った。

桂木左馬之助と柴田平蔵は、岩倉の関所の防備を様々に補強した。

尾張裏柳生の岩木兵馬は、左近を関所から切り離そうとする筈だ。そして、その間に関所を攻めて占拠するかもしれない……。

左近は読み、桂木や平蔵に告げた。

「成《な》る程《ほど》、裏柳生の企てそうな事ですね」

平蔵は、厳しい面持ちで頷いた。

「うむ。して日暮どの、如何いたします」

桂木は、左近の策を尋ねた。

「先手を打つしかありますまい……」

左近は苦笑した。

「先手……」

桂木は眉をひそめた。

「ええ……」

左近は、不敵な笑みを浮かべた。


岩倉の渓流は白波を飛び散らせ、轟音を鳴らしていた。

尾張裏柳生の岩木兵馬は、配下の忍びの者を従えて岩場に現れた。

兵馬は、渓流越しに関所に続く山道のある森を窺った。

森には木洩れ日が煌めき、小鳥の囀りが響いていた。

殺気はない……。

兵馬は見定め、片手を上げた。

配下の忍びの者たちは、渓流の中の岩を跳んで対岸に渡り、辺りを警戒した。

小鳥の囀りは続いた。

忍びの者が渓流を渡り、兵馬が続いた。

兵馬は、森に不審のないのを見定めた。

兵馬は、小頭《こがしら》の鬼猿に渓流を指差した。

「鬼猿《おにざる》……」

小頭の鬼猿は頷き、忍びの者の半数を従え、兵馬と別れて渓流沿いの岩場を上流に向かった。

尾張裏柳生の忍びは二手に別れたのだ。

兵馬は見送り、残った忍びの者を従えて関所に続く森の中の山道に進んだ。

森の中の山道は、木洩れ日が煌めいて小鳥の囀りが飛び交い、穏やかだった。

兵馬と尾張裏柳生の忍びの者は進んだ。

次の瞬間、先頭の忍びの者が踏んだ枯草の下の地面が爆発した。

数人の忍びの者が吹き飛んだ。

兵馬たち忍びの者は、一斉に跳び退いて伏せた。

埋火《うめび》……。

兵馬は、山道に埋火と呼ばれる地雷が埋められているのに気が付いた。

「埋火だ……」

兵馬は、忍びの者に報せた。

忍びの者は、慌てて己の周囲を見廻した。

「無闇に動くな……」

兵馬は、思わず叫んだ。

忍びの者は動きを止めた。

「慎重に動け……」

兵馬は命じた。

忍びの者たちは頷いた。

「おのれ……」

日暮左近の仕業だ……。

兵馬は、悔しさと焦りを覚えた。

「探せ、山道に埋火が仕掛けられているかもしれぬ。探しながら進むのだ」

兵馬は、腹立たし気に命じた。

忍びの者たちは、山道とその左右の草むらを検めながら慎重に進み始めた。

兵馬と忍びの者たちの歩みは手間取り、遅くなった。

兵馬は苛立った。

日暮左近は何処《どこ》からか見ている……。

兵馬は、不意にそう思った。
日暮左近は、己の気配を消して俺たちを見張っているのだ。
襲撃する時を窺って……。
「おのれ……」
兵馬は、周囲の森を見廻した。
木洩れ日が煌めき、小鳥は囀っていた。
日暮左近は何処かに忍んでいるのか……。
兵馬は、穏やかさが不気味だった。
だが、日暮左近を引き付けるのが狙いなのだ……。
兵馬は、不気味さに身構えながら関所に進んだ。

尾張裏柳生の小頭の鬼猿は、配下の忍びの者を従えて渓流沿いを上流に進んだ。
頭の岩木兵馬が正面から関所を攻め、日暮左近を引き付ける。
鬼猿は、その隙を衝いて搦手から関所を襲い、番士たちを皆殺しにする。
それが、兵馬に命じられた役目だった。
鬼猿は、配下の忍びの者を率いて渓流沿いを上流に進んだ。そして、渓流に足を濡らして岩場で止まり、切り立つ崖の上を見上げた。
崖の上に岩倉の関所がある……。
鬼猿は、両手に握った鉤爪《かぎつめ》を崖の岩壁に打ち込んだ。
鉤爪は岩壁に食い込んだ。
鬼猿は、鉤爪を使って崖の岩壁を身軽に登り始めた。
配下の忍びの者が続いた。
鬼猿は、岩壁に鉤爪を打ち込みながら崖を登った。
鬼猿と忍びの者たちは、切り立つ崖を登り続けた。

崖の上に岩倉関所が見えた……。
鬼猿は、崖の上に手を掛けた。
刹那、人影が鬼猿を覆った。
鬼猿は、崖の上を見上げた。
忍び姿の男が佇んでいた。
日暮左近……。
鬼猿は気が付き、咄嗟に崖の上に跳んだ。

日暮左近は、鋭い蹴りを放った。

鬼猿は顔を蹴られ、仰向けに渓流に転落した。

続いて登って来た忍びの者たちは狼狽《うろた》えた。

左近は、崖に這い上がろうとしている忍びの者たちを次々に蹴り落とした。

忍びの者たちは、渓流に転落した。

崖に這い上がった忍びの者たちは、左近に十字手裏剣を投げた。

左近は、無明刀を閃かせて飛来する十字手裏剣を弾き飛ばした。

忍びの者たちは、忍び刀を抜いて左近に斬り掛かった。

左近は、忍びの者たちを翻弄《ほんろう》し、崖の下に次々に蹴り落とした。

忍びの者たちは、一人残らず崖の上から渓流に転落した。

左近は、冷徹に渓流を見下ろした。


尾張裏柳生の岩木兵馬と忍びの者は、岩倉の関所に近付いた。

その後、埋火が爆発する事も、左近に攻撃を仕掛けられる事もなく、兵馬と忍びの者は岩倉の関所に辿り着いた。

兵馬は、微かな安堵を浮かべて関所を窺った。

関所は門を閉め、番士たちが厳しく警戒していた。
兵馬は、関所に左近の殺気を探した。だが、左近の殺気は察知出来なかった。
静けさと穏やかさが漂った。
関所の裏の崖を登り、関所を搦手から攻める鬼猿たちはどうした。
そろそろ崖を登り、攻め込む筈だ……。
兵馬は、関所の様子を窺った。
関所の様子に変わりはなかった。
どうした……。
兵馬は、微かな焦りを覚えた。
太鼓の音が一つ、大きく鳴った。
関所の番士たちが一斉に退いた。
兵馬と忍びの者は戸惑った。
見張台の上に番士に代わり、左近が現れた。
「日暮左近……」
「岩木兵馬、搦手に廻った忍びの者共なら現れないぞ……」
左近は笑った。

「お、おのれ……」

兵馬は、企てが見破られていたのに狼狽えた。

「岩木、帰って柳生玄無斎に伝えろ。その白髪首《しらがくび》、貰いに行くとな……」

左近は告げ、火矢を放った。

火矢は、兵馬に飛んだ。

兵馬は、咄嗟に大きく跳び退いた。

火矢は兵馬のいた処に突き刺さり、閃光を放って炸裂《さくれつ》した。

忍びの者たちは狼狽えた。

左近は、火矢を連射した。

炸裂が次々に起こり、兵馬と忍びの者たちは後退した。

平蔵たちが番士屋敷の屋根に現れ、次々に矢を射た。

兵馬と忍びの者たちは退き、逃げ去った。

左近は見定め、見張台から跳び下りた。

「日暮どの……」

桂木が駆け寄って来た。

「桂木さん、正面と搦手の護り、油断なきよう……」

左近は告げた。

「日暮どの……」

桂木は、戸惑いを過《よ》ぎらせた。

「奴らを追います」

左近は、不敵な笑みを浮かべた。


森は木洩れ日に煌めいた。

左近は、風のように走った。

煌めきは小さく揺れた。

左近は、森を走って岩木兵馬と忍びの者たちを追った。

渓流の音が聞こえた。

左近は走った。

岩木兵馬と忍びの者が渓流を渡っていた。

左近は、木立や茂みに身を隠しながら兵馬と忍びの者を追った。

尾張裏柳生の岩木兵馬は、配下の忍びの者を従えて渓流を渡り、森の道を下って岩倉山の麓に向かった。

岩倉山を下って麓に出ると、大きな川が流れていた。

大きな川を渡ると、尾張藩の領内となる。

兵馬は、配下の忍びの者を散らせた。

忍びの者は散り、姿を変えたり、夜を待って裏柳生の館に戻るのだ。

岩木兵馬は、道端のお堂で編笠《あみがさ》を被った武士に姿を変え、尾張領内を進んだ。

左近は、菅笠《すげがさ》を目深《まぶか》に被って兵馬を追った。

岩倉藩との国境から尾張領に一里程入った処に、小さな里があった。

岩木兵馬は、小さな里に進んだ。そして、田畑の中の土塀に囲まれた古い屋敷に入って行った。

左近は見届けた。

此処が尾張裏柳生の屋敷なのか……。

左近は、土塀に囲まれた古い屋敷を窺った。

裏柳生の忍びの結界は張られていない。

左近は見定めた。

古い屋敷に人の出入りはなく、人の声も物音も聞こえて来なかった。

岩木兵馬はどうした……。

陽は西に大きく傾き、田畑の緑は微風に揺れていた。

よし……。

左近は、古い屋敷を囲む土塀を跳んだ。


土塀の内側には、逆茂木《さかもぎ》が組まれていた。

左近は気付き、宙で一回転して逆茂木を跳び越えた。

古い屋敷の庭は静寂に満ちていた。

左近は、母屋を窺った。

母屋は雨戸が閉められ、人のいる気配を感じさせなかった。

だが、岩木兵馬はいる筈だ……。

左近は、母屋の閉められた雨戸に忍び寄り、問外《といかき》を使って猿《さる》を外した。そして、雨戸を僅かに開けて忍び込んだ。

忍び込んだ廊下は、長く暗かった。
左近は、長く暗い廊下を透かし見た。
刹那、長く暗い廊下の奥が煌めいた。
左近は、天井に跳んだ。
十字手裏剣は、天井に張り付いた左近の下を飛び抜けた。
左近は、天井から跳び下りた。
「良く来た、日暮左近……」
岩木兵馬の声が、長く暗い廊下の奥から投げ掛けられた。
「岩木兵馬……」
左近は、追跡に気が付いた兵馬に誘い込まれたと知り、苦笑した。
刹那、横の座敷から障子を破って手槍《てやり》が突き出された。
左近は躱し、突き出された手槍の螻蛄首《けらくび》を握って押し返した。
障子が倒れ、左近は座敷に踏み込んだ。
岩木兵馬は、隣の座敷に跳び退いて十字手裏剣を放った。
左近は、手槍を廻して飛来した十字手裏剣を弾き飛ばした。そして、手槍を兵馬に投げた。
兵馬は、飛び退いて躱した。
左近は、素早く踏み込んで無明刀を鋭く一閃した。
兵馬は、障子と雨戸を蹴破って庭に跳び出た。
左近は、追って障子と雨戸を蹴破って庭に出ようとした。
庭には配下の忍びの者がおり、縁側に立つ左近に十字手裏剣を投げた。
左近は、背後の座敷に大きく跳び退いた。
十字手裏剣は、左近を追うように唸りを上げて座敷に飛び込んだ。
十字手裏剣は、壁に突き刺さって崩し、埃《ほこり》を舞いあげた。
忍びの者たちは、十字手裏剣を座敷の隅々に迄、投げ込んだ。
座敷は壁と天井が崩れ、埃に満ち溢れた。

四

尾張裏柳生の岩木兵馬は、指笛を短く鳴らした。
忍びの者たちは、左近の入った座敷に十字手裏剣を投げ込むのを止めた。

座敷は埃に満ちていた。
兵馬と忍びの者たちは、座敷に満ちた埃が鎮まるのを待った。
埃は次第に鎮まり、薄れ始めた。
兵馬と忍びの者たちは、十字手裏剣を握り締めて埃の鎮まるのを待った。
座敷の埃は鎮まった。
埃の鎮まった座敷に左近はいなかった。
兵馬と忍びの者たちは戸惑った。
次の瞬間、兵馬は鋭い殺気に跳び退いた。
空から飛来した棒手裏剣が、兵馬のいた処に突き刺さった。
兵馬は、古い屋敷の屋根を見上げた。
左近が古い屋敷の屋根に現れ、兵馬に再び棒手裏剣を投げた。
兵馬は、左近の棒手裏剣を躱し、屋根に跳んだ。
沈み始めた夕陽は、古い屋敷の屋根で対峙する左近と兵馬を赤く照らした。
「此《こ》れ迄《まで》だ。日暮左近……」
兵馬は、憎悪に満ちた眼で左近を睨み、右手を振り下ろした。

細い鎖が伸び、分銅代わりの諸刃《もろは》の小さな苦無《くない》が左近の袖を引き裂いた。

左近は、咄嗟に無明刀を抜き放った。

兵馬は、右手の細い鎖を引き戻して分銅代わりの苦無を握った。そして、左手を振り下ろした。

やはり、小さな苦無を分銅にした細い鎖が左近に伸びた。

左近は躱した。

兵馬は、両手を交互に振るって苦無の付いた細い鎖を左右から伸ばし、左近に襲い掛かった。

左近は、伸びる細い鎖を断ち斬ろうと無明刀を振るった。だが、細い鎖は柔らかく歪んで断ち斬れなかった。

左近は戸惑った。

兵馬は、左右の手の苦無付きの細い鎖を鞭《むち》のように振るい、左近に襲い掛かった。

左近は、無明刀で鞭のようにしなやかに襲い掛かる細い鎖を打ち払った。

だが、細い鎖の先の小さな苦無は、左近の忍び装束を斬り裂き、浅手を追わせた。

おのれ……。
左近は、微かな焦りを覚えた。
此れ迄だ……。
左近は、二本の鎖を無明刀で打ち払い、兵馬との間合いを一気に詰めた。
兵馬は、咄嗟に跳び退いた。
左近は構わず踏み込み、兵馬に鋭く斬り掛かった。
兵馬は、仰向けに身を反らして躱し、屋根から庭に跳び下りた。
左近は、屋根の上に立ち、庭にいる兵馬と忍びの者を見下ろした。
「岩木兵馬、次は首を貰う……」
左近は、兵馬たちに冷笑を投げ掛けて屋根の向こうに消えた。
「追え……」
兵馬は命じた。
忍びの者たちは、屋敷の裏手に走った。
兵馬は見送り、顔を歪めて脇腹を探った。
探った掌《てのひら》に血が付いていた。
「おのれ、日暮左近……」

兵馬は、脇腹を押さえて片膝をついた。

夕陽は沈み、古い屋敷は青黒い薄暮に覆われた。

燭台《しょくだい》の火は座敷を照らした。

兵馬は、脇腹の傷を己で手当てをした。

「兵馬さま……」

廊下の障子に忍びの者の影が映えた。

「どうした……」

「裏手から一帯を探したのですが、日暮左近、既に何処にも……」

「そうか。ならば屋敷の警戒を怠《おこた》るな……」

左近は命じた。

「心得ました」

障子に映えた忍びの者の影は消えた。

今一歩で斃せたのに……。

兵馬は、悔しさを覚えた。

日暮左近は岩倉の関所に戻ったのか……。

兵馬は思いを巡らせた。
虫の音が静かに響いていた。

刻が過ぎた。
古い屋敷には、尾張裏柳生の忍びの結界が張られていた。
岩木兵馬は、座敷を出て縁側に立った。
月は蒼白く輝き、庭には虫の音が溢れていた。
兵馬は、左近を追い詰めた事に自信を抱いていた。
日暮左近の首、必ず獲る……。
兵馬は薄く笑った。
蒼白く輝く月に雲が掛かった。
兵馬の顔が翳った。
兵馬は、縁側から明かりの灯されている座敷に戻った。
燭台の火は揺れた。
兵馬は、座敷の障子を後ろ手に閉めた。

刹那、次の間の闇が微かに揺れた。

兵馬は眉をひそめた。

燭台の火が消えた。

日暮左近……。

兵馬は、置いてある得物《えもの》に跳んだ。

殺気が背後を襲った。

兵馬は、咄嗟に細い鎖を鞭のように振るおうとした。

次の瞬間、左近が兵馬の腹に無明刀を叩き込んだ。

兵馬は凍て付いた。

左近は、無明刀を押し込んだ。

「いつ、舞い戻った……」

兵馬は、苦し気に嗄《しやが》れ声を引き攣《つ》らせた。

「舞い戻ってなどいない……」

左近は囁いた。

「な、ならば、ずっと……」

「屋敷に潜んでいた」

左近は笑った。

「お、おのれ……」

兵馬は、顔を苦し気に歪めてよろめいた。

左近は、無明刀を引き抜いた。

兵馬はよろめき、血を振り撒きながら障子ごと縁側に倒れた。

尾張裏柳生の忍びの結界が激しく揺れた。

兵馬は、縁側に倒れて血を流した。

尾張裏柳生の忍びの者たちが駆け寄って来た。

「岩木さま……」

忍びの者たちは、兵馬の死を見届けた。

「日暮左近だ……」

忍びの者たちは、座敷に踏み込んだ。

だが、座敷に左近はいなかった。

「結界だ。結界を崩すな……」

忍びの者たちは、慌てて土塀の結界を張り直しに走った。

左近は、崩れた土塀の結界を抜けて古い屋敷の外に出た。

古い屋敷内には狼狽《ろうばい》が満ち、土塀の崩れた結界は張り直され始めた。

危なかった……。

左近は苦笑し、蒼白い月明かりに輝く田畑の中を岩倉藩に向かって走った。


「そうですか、尾張裏柳生の岩木兵馬を斃しましたか……」

桂木左馬之助は、微かな安堵を過ぎらせた。

「ええ。此れで暫《しばら》くは、尾張裏柳生の忍びの者共も動かず、此の関所も金山も静かになるでしょう」

左近は告げた。

「ええ。それは良いが……」

桂木は、厳しい面持ちで頷いた。

「どうかしたか……」

左近は眉をひそめた。

「う、うむ。今、日暮どのの働きで関所や金山は護られているが、いつ迄続くのかと思うと……」

「桂木さん、私も此の騒ぎ、どう始末をつけるのか、気になっていた……」

「日暮どの……」

「それで、気が付いた。隠し金山がある限り、此の騒ぎは収まらぬとな……」

左近は読んだ。

「日暮どのもそう思われるか……」

桂木は、左近を見詰めた。

「うむ。桂木さん、岩倉藩は隠し金山を掘り続けるのか……」

「殿と江戸家老の宮本嘉門さまは、金が出る限り、掘り続けるべきだと……」

「国家老の早川織部さまは……」

「家臣や領民の為には、藩は裕福になった方が良いが、隠し金山に頼っていれば、いつか必ず、大きな禍が来ると……」

桂木は、国家老早川織部の腹の内を左近に教えた。

「そうですか……」

左近は、早川の腹の内を知った。

「私も早川さまの仰る通りかと……」

桂木は、小さな吐息を洩らした。

国家老の早川織部と近習頭の桂木左馬之助は、隠し金山の始末をそろそろ付けるべきだと思っている。

左近は、二人の腹の内を読んだ。

「して、日暮どの、岩木兵馬を葬った今、尾張裏柳生の柳生玄無斎、どう出るか……」

桂木は心配した。

「柳生玄無斎、年甲斐《としがい》のない真似をするなら、先手を打つしかありますまい……」

左近は、不敵に云い放った。

愛宕下岩倉藩江戸上屋敷は、平穏な日々が続いていた。

猿若と烏坊は、藩主榊原直孝の警固に就いていた。

榊原直孝の身辺に不審な事は起きなかった。

猿若と烏坊は、退屈しながらも左近に命じられた通り、油断なく役目を果たしていた。

「猿若さん、烏坊さん……」

近習頭代の北島京一郎がやって来た。

「どうしました。京一郎さん……」

猿若、烏坊と北島京一郎は同じ年頃であり、親しく口を利くようになっていた。

「うん。門番や番士たちが、近頃、表門前に妙な奴がうろついていると、云っていましてね……」

京一郎は眉をひそめた。

「妙な奴……」

猿若と烏坊は、思わず顔を見合わせた。

「うん。編笠を被った着流しの侍だそうだ」

京一郎は告げた。

「編笠に着流し……」

「うん。どうしたら良いかな……」

京一郎は、猿若と烏坊の意見を求めた。

「そりゃあ、何者か突き止めるべきだ」

猿若は告げた。

「うん。岩倉藩や殿に害を及ぼそうとしている尾張の奴かもしれない……」

鳥坊は読んだ。

「そうか。そうだな。よし……」

京一郎は頷いた。

「どうするんだ。京一郎さん……」

「今度現れたら目付に追わせ、何処の誰か突き止める」

京一郎は決めた。

「うん。気を付けてな……」

猿若と鳥坊は頷いた。


夕暮れ時が近付いた。

岩倉藩江戸上屋敷の表門前に編笠を被った着流しの侍が現れた。

気が付いた番士は、近習頭代の北島京一郎に報せた。

京一郎は二人の目付に、後を尾行《つ》て何処の誰か突き止めるように頼んだ。

半刻《はんとき》(一時間)が過ぎた。

編笠を被った着流しの侍は、岩倉藩江戸上屋敷を眺めて踵《きびす》を返した。

裏門から出て来た二人の目付が、編笠を被った着流しの侍を追った。

京一郎は見送った。

溜池に風が吹き抜け、小波《さざなみ》が走った。

編笠に着流しの侍は、溜池沿いの道を赤坂に進んだ。

二人の目付は追った。

編笠に着流しの侍は、不意に振り返った。

二人の目付に隠れる刻はなく、立ち尽くした。

「何か用か……」

編笠に着流しの侍は、二人の目付にくぐもった声を掛けた。

「な、何故、岩倉藩の江戸上屋敷を窺う……」

目付は訊いた。

「知り合いがいるかどうか、確かめにな……」

「知り合い……」

目付の一人は戸惑った。

「おぬし、何者だ……」

残る目付が尋ねた。

編笠に着流しの侍は、二人の目付を無視して歩き出した。

「待て……」

二人の目付は追った。そして、編笠に着流しの侍の肩に手を掛けようとした。

刹那、編笠に着流しの侍は、抜き打ちの一刀を目付の一人に浴びせた。

目付は、斬られた肩から血を飛ばして倒れた。

編笠に着流しの侍は、返す刀で驚いている残る目付を横薙《な》ぎに斬った。

二人の目付は、瞬時に斬り棄てられた。

編笠に着流しの侍は、倒れた二人の目付を残して立ち去った。

夕陽は溜池を赤く染めた。


「後を尾行《つ》けた二人の目付が斬られた……」

猿若と烏坊は、緊張を浮かべた。

「うむ。溜池の傍でな……」

北島京一郎は、深刻な面持ちで頷いた。

「で、斬られた目付は……」

猿若は尋ねた。

「深手《ふかで》だが、命は取り留めた」

京一郎は、安堵を過ぎらせた。

「そうか。そいつは良かった……」

猿若は頷いた。

「じゃあ、編笠に着流しの侍が何処の誰かは分からなかったのか……」

鳥坊は読んだ。

「うん。だが、何しに上屋敷に来ているのか分かった」

京一郎は告げた。

「何しに来ているんだ」

「編笠に着流しの侍は、知り合いがいるかどうか、確かめに来ているそうだ」

京一郎は、斬られた目付から聞いた事を教えた。

「知り合いがいるかどうか……」

鳥坊は、厳しい面持ちで訊き返した。

「うん……」

「知り合い……」

烏坊は眉をひそめた。

「で、編笠に着流しの侍の知り合い、家中にいたんですか……」

猿若は戸惑った。

「いえ。それが、誰も心当たりはないと……」

京一郎は眉をひそめた。

「どういう事なのかな……」

猿若は首を捻った。

「うむ……」

烏坊は、厳しい面持ちで頷いた。

「よし。じゃあ、次に現れた時は、俺が追ってみる」

猿若は意気込んだ。

「ならぬ、猿若……」

烏坊は、厳しく告げた。

「烏坊……」

「猿若、俺たちの役目は藩主榊原直孝さまをお護りする事だ。そう、左近さまに厳しく云われたのを忘れたのか……」

「う、うん……」

猿若は項垂れた。

「聞いての通りだ。京一郎さん……」

烏坊は、京一郎に頭を下げた。

「いや。おぬしたちは我が殿をお護りするのが役目。編笠に着流しの侍は、我らが何とかする」

京一郎は笑った。

不安気な笑いだった。

猿若と烏坊は、思わず顔を見合わせた。


岩倉藩領内は、隠し金山を巡っての尾張との暗闘を他所《よそ》に穏やかだった。

国家老の早川織部は、曲輪内に与えられた屋敷に暮らしていた。

早川織部の家族は、江戸にいる娘の沙織の他に妻と十歳になる嫡男がおり、僅かな家来と奉公人がいた。

その夜、早川織部はいつもの通りに戌《いぬ》の刻五つ半（午後九時）に床に就いた。

早川屋敷は眠り、子《ね》の刻九つ（午前零時）になった。

幾つかの黒い人影が、曲輪内の警戒を掻い潜って現れた。

黒い人影は、裏柳生の忍びの小頭鬼猿と配下の者たちだった。

鬼猿たち裏柳生の忍びの者は、無言のまま早川屋敷に忍び込んだ。


岩倉関所は小鳥の囀りが飛び交い、穏やかな日々が続いていた。

「何、御家老の早川さまが連れ去られた……」

左近は眉をひそめた。

「うむ。昨夜、子の刻、忍びの者共が忍び込み、早川さまを連れ去ったそうだ」

桂木左馬之助は、深刻な面持ちで告げた。

「尾張裏柳生玄無斎の仕業か……」

左近は睨んだ。

「うむ。早川さまを連れ去り、無事に返して欲しければ、隠し金山を引き渡せと云ってくるでしょう」

桂木は読んだ。

「おそらく……」

左近は頷いた。

「桂木さま……」

柴田平蔵が、矢文《やぶみ》を持って駆け寄って来た。

「どうした……」

「今、見張台に矢文が射込まれました」

平蔵は、桂木に矢文を差し出した。

桂木は受け取り、矢文を解いて読んだ。

「柳生玄無斎か……」

左近は読んだ。

「うむ。御家老のお命、助けたければ岩倉の関所を引き払い、隠し金山を明け渡せと云ってきた……」

桂木は、矢文を差し出した。

「ま、読みの通りだな……」

左近は苦笑した。

第四章　影忍び

一

尾張裏柳生の御館柳生玄無斎は、国家老早川織部の命を助けたければ、岩倉の関所を引き払い、隠し金山を明け渡せと云って来た。

近習頭の桂木左馬之助は、左近に出方を相談した。

「早川織部さまは、岩倉藩になくてはならぬ方。先ずは何としてでもお助けしたい……」

桂木は告げた。

「ならば、関所を引き払い、隠し金山を明け渡すのが一番確かな手立て……」

左近は読んだ。

「そう云って尾張裏柳生と話し合い、刻《とき》を稼いでくれ」

左近は告げた。

「うむ……」

桂木は頷いた。

「日暮どの……」

桂木は眉をひそめた。

「その間に早川さまの居場所を突き止め、助け出す」

左近は小さく笑った。


尾張裏柳生の御館柳生玄無斎は、矢文の返事を国境近くの尾張領にある裏柳生屋敷に報せろと云って来ていた。

国境近くの裏柳生屋敷……。

尾張裏柳生の岩木兵馬が根城にしていた屋敷だ。

柳生玄無斎は、名古屋城下の屋敷から国境近くの裏柳生屋敷に来ている。

左近は読んだ。

桂木左馬之助は、申し入れについて談合をしたいとの書状を柴田平蔵に持参させた。

柴田平蔵は、落ち着いた足取りで裏柳生屋敷に向かった。

左近は見送った。

裏柳生屋敷は緑の田畑の中にあり、取り囲む土塀には結界が張られていた。

左近は、平蔵が近付くにつれて結界が僅かに揺れるのを見守った。

尾張裏柳生の忍びの者たちは、平蔵を警戒していた。

田畑の間の田舎道を来る平蔵が一人なのは、誰が見てもはっきりしている。

だが、尾張裏柳生の忍びの者の警戒は厳重過ぎる程だ。

何故だ……。

左近は、想いを巡らせた。

ひょっとしたら、連れ去られた岩倉藩国家老の早川織部は、此の屋敷に捕らえられているのかもしれない。

左近は睨んだ。

忍び込んで見定めるか、それとも尾張裏柳生の忍びの者を捕らえて責めあげるか……。

左近は、裏柳生屋敷を眺めた。

平蔵は、裏柳生屋敷に入って行った。

今、動いて気が付かれ、平蔵の身になにかあっては拙《まず》い。

動くのは、平蔵が無事に帰ってからだ。

左近は決め、裏柳生屋敷を見守った。

裏柳生屋敷に張られた結界の乱れは、窺えなかった。

どうやら、平蔵は使者の役目を無事に果たしているようだ。

左近は読んだ。

僅かな刻が過ぎ、平蔵が出て来た。

無事に役目を終えたか……。

左近は、平蔵が田舎道を戻って来るのを待った。

「日暮どの……」

平蔵は、左近の顔を見て緊張を解き、安堵の笑みを浮かべた。

「役目は首尾《しゅび》良く終わったか……」

「はい。どうにか……」

「相手は尾張柳生の御館玄無斎か……」

「いえ。鬼猿とかいう者でした」

「鬼猿か。して……」

「はい。明日、桂木さまと玄無斎が詳しい手筈の取り決めをすることになりました」

そして、家老の早川織部の身柄と岩倉の関所と隠し金山を交換するのだ。

「そうか……」

丁度良い潮時……。

左近は苦笑した。

明日午《うま》の刻九つ（午後零時）、場所は土地の庄屋《しょうや》屋敷……。

「して、桂木さま。真に関所を引き払い、金山を明け渡すのですか……」

目付の風間弥十郎は眉をひそめた。

「うむ。先ずは御家老早川さまを助けるのが一番だ。その為には関所を引き払い、金山を一度は……」

「一度は……」

風間と柴田平蔵は、桂木を見詰めて喉を鳴らした。

「明け渡し、必ず奪い返す」

桂木は、風間と平蔵を見据えて告げた。

「良く分かりました。此処《ここ》は桂木さまの策に乗るしかあるまい」

「うむ。先ずは御家老だ」

風間と平蔵は頷いた。

「ならば、風間、平蔵、関所と金山を綺麗に片付けろ」

桂木は命じた。

「心得ました……」

風間と平蔵は立ち去った。

桂木は見送った。

「納得したか……」

左近が現れた。

「うむ。御家老を助けた後、取り返すという事でな……」

桂木は苦笑した。

「それで良いだろう」

左近は頷いた。

「うむ。して……」

桂木は、左近の出方を尋ねた。

「明日、おぬしが玄無斎と逢っている間に裏柳生屋敷に忍び、御家老を探してみる」

左近は告げた。

「そうか。御無事ならばよいが……」

桂木は心配した。

「金山を手に入れる大事な人質。玄無斎は愚かな真似はしない」

左近は読んだ。

「だと良いが……」

「おそらく玄無斎は、関所を引き渡し、金山を明け渡した時、御家老を返す。そして、直ぐに裏柳生の結界を厳しく張り、岩倉藩の者の侵入を許さず、いつしか尾張藩の飛び地として支配し、公儀に認めさせるつもりだろう」

「うむ……」

「大藩故《ゆえ》の汚い真似をする外道《げどう》の国だ」

左近は、冷徹な笑みを浮かべた。

尾張藩領の北西の外れ、岩倉藩との国境近くの日笠《ひがさ》村の庄屋屋敷が桂木左馬之助と柳生玄無斎の逢う場所だった。
桂木左馬之助は、柴田半蔵たち僅かな配下を従えて日笠村の庄屋屋敷に向かった。

裏柳生屋敷に廻した土塀の門が開き、鬼猿たち忍びの者が侍姿で出て来た。
頭巾を被った老人が現れ、鬼猿たちに護られて出掛けて行った。
頭巾を被った老人は、尾張裏柳生の御館柳生玄無斎……。
左近は、田畑の緑の中から見送り、裏柳生屋敷を窺った。
裏柳生屋敷の結界は緩んでいた。
結界を緩め、護るべきものはないと云って攻撃を躱そうとしているのだ。
左近は睨んだ。
よし……。
左近は、裏柳生屋敷に向かって田畑の緑の間を走った。
裏柳生屋敷の結界に変わりはない。
左近は走りながら見定め、結界の途切れている土塀を跳び越えた。

土塀を跳び越えて忍び込んだ左近は、植え込みの陰を転がって厩《うまや》の裏に入った。そして、屋敷内を見廻した。

屋敷内では、残った尾張裏柳生の忍びが警戒をしていた。

さあて、早川織部は此処に閉じ込められているのか……。

左近は、屋敷内を窺った。

日笠村の庄屋屋敷に緊張が満ちた。

岩倉藩近習頭桂木左馬之助と番士頭の柴田平蔵は、庄屋屋敷の離れ座敷に誘われた。

離れ座敷には、尾張裏柳生の御館柳生玄無斎が小頭の鬼猿を従えていた。

「尾張裏柳生の柳生玄無斎どのか……」

桂木は訊いた。

「岩倉藩の桂木左馬之助どのだな……」

玄無斎は、桂木を見据えた。

「如何《いか》にも……」

桂木は、怯む事なく対座した。

平蔵は、桂木の背後に控えた。

「さあて……」

「先ずは我が藩家老の早川織部、無事なのであろうな」

桂木は、玄無斎を遮った。

「勿論だ……」

玄無斎は苦笑した。

「ならば、無事に返して貰ってから、金山明け渡しの話をしよう」

桂木は、厳しく申し入れた。

「ならぬ。早川織部の身柄の受け渡しは、金山の明け渡しの時だ」

玄無斎は、桂木を見返した。

「よかろう……」

桂木は頷いた。

「ならば、明け渡しの仔細《しさい》だ……」

「うむ……」

桂木と玄無斎は、隠し金山明け渡しについての話を始めた。

左近は待った。

屋敷の小者が、竹籠《たけかご》に握り飯らしき物と竹筒を入れて土蔵に向かって行った。

奴だ……。

左近は、竹籠を持った小者を追った。

小者は、土蔵の戸を鍵で開けて中に入った。

左近は、追って土蔵に忍び込んだ。

土蔵の中は薄暗く、地下に続く階段を下りて行った。

地下か……。

左近は、地下の様子を窺った。

「飯と水にございます……」

地下から小者の声がした。

「うむ。御苦労だな……」

初老の男の落ち着いた声がした。

岩倉藩国家老早川織部の声……。

左近は聞き分けた。

「それでは、汚穢桶《おわいおけ》を取り換えます」

「うむ……」

小者は、汚穢桶を持って地下から上がって来た。

左近は、素早く土蔵から出た。

小者は、汚穢桶を持って土蔵から出て行った。

左近は見送り、土蔵の戸口に寄った。そして、問外を使って土蔵の戸の鍵を開け、中に忍び込んだ。

左近は、薄暗い土蔵の地下に下りた。

地下には小さな明かりが灯されており、牢格子が見えた。

左近は、牢を窺った。

牢には、早川織部が座っていた。

「誰だ……」

「早川さま……」

左近は、早川に姿を見せた。

「おお、おぬしか……」

早川は、左近に笑い掛けた。

「はい。出られますか……」

「その前に訊きたい事がある……」

早川は微笑んだ。


「ならば明日、未《ひつじ》の刻八つ（午後二時）に……」

桂木左馬之助は、柳生玄無斎を見据えて告げた。

「よかろう。岩倉の関所に早川織部を連れて行く……」

玄無斎は頷いた。

「その時、早川さまの身に何かがあれば、我らも大人しく引き渡しはしない。良いな」

「心得た……」

玄無斎は、苦笑しながら頷いた。

「ならば明日……」

桂木は座を立った。

平蔵は続いた。

玄無斎は、出て行く桂木と平蔵を見送り、狡猾な笑みを浮かべた。


早川織部は、己の腹の内を左近に語った。

それは、左近も頷くところのものだった。

「早川さま、本当にそれでよろしいのですな」

左近は念を押した。

「うむ。桂木やおぬしも同じ意見ならば、潮時なのだ」

早川は苦笑した。

「早川さま……」

「日暮どの、よろしく頼む……」

早川は、左近に深々と頭を下げた。

「心得ました」

左近は、早川の覚悟を知った。

左近は、土蔵を出て戸の鍵を掛けて土蔵を離れた。

裏柳生屋敷は、御館の柳生玄無斎が未だ帰って来ないのか、結界は緩かった。

左近は、厩の裏から裏柳生屋敷を抜け出し、土塀の外の田畑の緑に忍んだ。

田畑の緑は風に揺れた。

左近は、裏柳生屋敷に続く田舎道を窺った。

侍の一行がやって来た。

玄無斎が帰って来たのか……。

左近は、侍一行に眼を凝《こ》らした。

鬼猿たちは、頭巾を被った玄無斎を警固して帰って来たのだ。

よし……。

左近は見定め、田畑の緑に消えた。

岩倉の関所の片付けは続いていた。

「明日、未の刻八つか……」

左近は訊き返した。

「うむ。その時、早川さまを連れて来て、金山明け渡しと引き換えに返してくれる」

桂木は告げた。

「そうか……」

玄無斎の出方は、読みの通りだ。

「うむ。して、早川さまは……」

「変わりはなく、落ち着いたものだ……」

左近は苦笑した。

「そうか、良かった……」

桂木は、安堵を浮かべた。

「うむ……」

「して、早川さまは、なんと……」

桂木は、声を潜めた。

「おぬしや私と同じ思いだった……」

左近は告げた。

「ならば……」

桂木は、身を乗り出した。

「うむ。今が潮時、よろしく頼むと仰られた」

左近は報せた。

「そうか……」

桂木は、安堵を浮かべた。

「うむ。して、隠し金山の片付け、終わったのかな……」

左近は、楽しそうに笑った。


未の刻八つ。

岩倉関所の門は開け放たれた。

尾張裏柳生の御館柳生玄無斎は、配下の忍びの者を従えてやって来た。

桂木左馬之助は、柴田平蔵を従えて現れた。

「玄無斎、早川さまは何処《どこ》だ」

桂木は、玄無斎を見据えた。

「鬼猿……」

忍びの者の背後から、鬼猿が早川織部に苦無を突き付けて現れた。

「早川さま……」

平蔵は叫んだ。

「桂木、平蔵、私の迂闊さで迷惑を掛けたな。申し訳ない……」

早川は詫びた。

「いえ。玄無斎、早々に関所を検《あらた》めるが良い」

桂木は促した。

「心配は無用だ、鬼猿……」

玄無斎は、鬼猿に命じた。

「はっ……」

鬼猿は、早川を玄無斎に預けて配下を従えて関所に散った。

関所、番士屋敷、納屋……。

鬼猿たち尾張裏柳生の忍びの者は、綺麗に片付けられた番士屋敷などを荒らすように検めた。

桂木と平蔵は、悔しそうに鬼猿たち裏柳生の忍びの者を見守った。

二

岩倉山の隠し金山は既に金掘職人や人足たちが引き上げ、掘り出した金なども綺麗に片付けられていた。

桂木左馬之助と柴田平蔵は、尾張裏柳生の御館柳生玄無斎や早川織部を連れた鬼猿たち忍びの者と隠し金山にやって来た。

隠し金山では、風間弥十郎たち目付が待っていた。

「さあ、早川さまを返してもらおう」

桂木は、玄無斎を見据えた。

「此処が隠し金山か……」

玄無斎は、隠し金山を見廻した。

「如何《いか》にも……」

桂木は頷いた。

「鬼猿……」

玄無斎は、鬼猿を促した。

「はっ……」

鬼猿と配下の忍びの者は、隠し金山の周辺から坑道の入口を素早く検めた。

桂木と早川は見守った。

平蔵と風間たち目付は、腹立たしさを露《あら》わにしていた。

鬼猿は、玄無斎に駆け寄って何事か囁いた。

「よし……」

玄無斎は笑みを浮かべた。

「はっ……」

鬼猿は頷き、配下の忍びの者たちに合図をした。

配下の忍びの者たちは、桂木、平蔵、風間たち目付を素早く取り囲んだ。

「玄無斎……」

桂木たちは、刀の柄を握って身構えた。

「慌てるな。御苦労でしたな、早川どの……」

玄無斎は桂木たちを一喝《いっかつ》し、早川に笑い掛けた。

「柳生玄無斎、此の恥辱《ちじょく》、必ずや晴らす」

早川は、玄無斎に厳しい一瞥を投げ、桂木、平蔵、風間たち目付の許に進んだ。

「早川さま……」

「御家老……」

桂木、平蔵、風間たち目付は、早川を嬉し気に迎えた。

「ならば玄無斎、此れ迄だ」

桂木は、風間たち目付に合図をした。

「さあ、御家老……」

風間たち目付は、早川を護って隠し金山から離れた。

桂木と平蔵は、油断なく殿《しんがり》を務めた。

「待て、桂木……」

玄無斎は呼び止めた。

「何だ……」

桂木は、油断なく玄無斎を見詰めた。

「忍び、日暮左近なる忍びはどうした」

玄無斎は尋ねた。

「日暮左近ははぐれ忍び、我らの指図で動いている訳ではない。ひょっとしたら今は、尾張城下で誰かの首を獲ろうとしているのかもしれぬ……」

桂木は、左近が尾張藩中老の平手長門を狙っていることを匂わせた。

「成る程、それも面白い……」

玄無斎は、残忍で狡猾な笑みを浮かべた。

「ならば……」

桂木、平蔵、風間たち目付は、早川織部を護って隠し金山から離れた。

玄無斎は見送った。

「御館さま……」

鬼猿は、玄無斎に指示を仰いだ。

「鬼猿、結界を張れ」

「はっ……」

鬼猿は、配下の忍びの者に隠し金山の周囲に結界を張らせた。

「よし、鬼猿、隠し金山の中を検める」

玄無斎は告げ、坑道に向かった。

「はっ……」

鬼猿は、配下の忍びの者を従えて玄無斎に続いた。

見届けなければならない……。

桂木は立ち止まった。

「どうしました……」

平蔵は眉をひそめた。

「玄無斎が隠し金山をどうするか見届ける。早川さまは風間たち目付とお帰り下さい」

桂木は、早川に告げた。

「うむ。ならば風間……」

早川は頷いた。

「心得ました」

風間たち目付は、早川を護って立ち去って行った。

「よし。平蔵、隠し金山に戻る」

桂木は、平蔵を従えて隠し金山に戻り始めた。

隠し金山の坑道は暗く、濡れた岩壁から染み出た水が滴り落ちていた。

坑道の入口に龕灯《がんどう》の明かりが揺れた。

龕灯を持った忍びの者を先頭にして、玄無斎と鬼猿が入って来た。

坑道は綺麗に片付けられ、冷え冷えとした空気に満ちていた。

「金の採掘はもっと奥のようだな……」

玄無斎は、暗く続く坑道の奥を眺めた。

「はい。入口近くの金は既に掘り尽くされて、奥に掘り進んでいるようです」

鬼猿は、己の読みを告げた。

「うむ……」

玄無斎は頷いた。

「尾張裏柳生の御館柳生玄無斎、金の棺《ひつぎ》に入りに来たか……」

左近の声が暗い坑道に響いた。

玄無斎は身構えた。

「日暮左近……」

鬼猿は、暗い坑道に左近の気配を探した。

空を斬る音が短く鳴った。

龕灯を持った二人の忍びの者が、飛来した棒手裏剣を受けて倒れた。

鬼猿と忍びの者は、玄無斎を取り囲んで護った。

出入口の方の闇が揺れ、日暮左近の姿が浮かんだ。

「おのれ……」

鬼猿は、殺気を漲《みなぎ》らせた。

「鬼猿、崖から落ちても無事とは何より……」

左近は、鬼猿に笑い掛けた。

「黙れ……」

鬼猿は、左近に十字手裏剣を投げた。

左近は、岩陰に跳んで躱した。

十字手裏剣は岩に弾き飛び、火花を散らした。

忍びの者たちは、忍び刀を抜いて左近に襲い掛かった。

左近は、無明刀を抜き放った。

閃光が走った。

忍びの者が倒れた。

「おのれ……」

鬼猿は、忍び鎌を両手に持って左近に跳び掛かった。

両手の忍び鎌が唸った。

無明刀が閃いた。

左近の忍び装束の肩口が引き裂かれた。

鬼猿は、脇腹から血を飛ばして倒れ込んだ。

左近は、玄無斎を見据えた。

「はぐれ忍びの日暮左近か……」

玄無斎は、怒りを滲ませた。

「此れ迄だ、柳生玄無斎……」

左近は告げた。

「さあて、出来るかな……」

玄無斎は冷笑した。

刹那、玄無斎の口から煌めきが放たれた。

左近は、咄嗟に跳び退いた。

何本もの含み針が、岩壁に突き刺さった。

「下手に近付けば、含み針の餌食か……」

左近は苦笑した。

「どうだ、日暮左近。儂《わし》と手を組んで金を掘らぬか……」

玄無斎は、左近に近付いた。

「誘いか……」

左近は苦笑した。

「うむ。どうだ……」

「それには及ばぬ。さらばだ、玄無斎……」

左近は、炸裂玉を岩壁に叩きつけた。

炎が噴き上がり、火が四方の岩壁に走って爆発が起こった。

左近は、大きく跳び退いた。

玄無斎は焦った。

爆発が続き、天井や岩壁が轟音を上げて崩れ始めた。

玄無斎は、左近を追って出入口に走ろうとした。

天井の岩は、玄無斎の頭上に崩れ落ちた。

玄無斎は、恐怖に白髪を逆立て、老顔を醜く歪めて怒号《どごう》を上げた。

天井と岩壁は崩れ落ち、土煙が舞い上がって坑道に満ちた。

落ちた岩は坑道を塞ぎ、玄無斎を怒号諸共に押し潰した。

坑道から轟音が響き、地面は激しく揺れた。

結界を張っていた尾張裏柳生の忍びの者たちは狼狽《うろた》えた。

茂みに潜んで見ていた平蔵は驚いた。

「桂木さま……」

「狼狽えるな、平蔵……」

桂木は、厳しい面持ちで坑道を見詰めた。

坑道に忍んでいた左近が玄無斎たちと闘い、仕掛けておいた火薬を爆発させたのだ。

坑道を爆破し、隠し金山と柳生玄無斎を葬り去る……。

それが、左近の密かな企てだった。

隠し金山の始末については、早川織部と桂木左馬之助も同じ考えだった。

岩倉藩としては、既に充分な額の金を掘り出した。だが、それは尾張藩という禍を招いたのだ。

此れ以上の金の採掘は、禍を掘り出す事に他ならない……。

早川と桂木は、隠し金山の始末を考えた。

そして、左近も尾張藩との殺し合いを止めるには、隠し金山を潰すしかないと云い放った。

岩倉藩国家老の早川織部と近習頭の桂木左馬之助は、隠し金山の始末を密かに決意して左近に託した。

左近は、尾張裏柳生御館の柳生玄無斎諸共、隠し金山を崩落させたのだ。

轟音が響き、大地が揺れ、隠し金山の坑道から煙が噴き出した。

尾張裏柳生の忍びの者たちは退いた。

そして、左近が煙と共に坑道から飛び出して来た。

刹那、坑道は轟音を鳴らして崩れ落ちた。

煙と土埃が舞い上がり、隠し金山の坑道は押し潰され、岩で塞がれた。

岩倉山の隠し金山は滅んだ。

僅かな刻が過ぎた。

煙と土埃が次第に薄れ、左近が現れた。

呆然としていた忍びの者たちは、我に返って身構えた。

「尾張裏柳生の御館柳生玄無斎は、崩れた岩に押し潰されて滅びた。最早、如何に働いても誉めてくれる者はいない。早々に立ち去るが良い……」

左近は命じた。

尾張裏柳生の忍びの者たちは立ち去った。

左近は見送った。

「日暮どの……」

桂木と平蔵が出て来た。

「見ての通りだ」

左近は、崩れた隠し金山を示した。

「うむ。此れで尾張藩の攻撃も終わるだろう」

桂木は、安堵の笑みを浮かべた。

「ああ。そして、刻が過ぎ、隠し金山などなかったかのように草木が覆い尽くす……」

左近は告げた。

微風が吹き抜け、左近の鬢の解れ毛を揺らした。

岩倉藩の隠し金山は消滅した。

国家老の早川織部は、左近に礼を述べ、隠し金山は自然に崩落したとした。

「後は掘り出した金で如何に家臣や領民の暮らしを守り、豊かにするかだ」

早川は、藩主榊原直孝に書状を書き、近習頭の桂木左馬之助に託し、江戸に出立させる事にした。

「そうか、江戸に帰るか……」

左近は頷いた。

「うむ。日暮どのも共に帰ろう」

桂木は誘った。

「うむ。帰るが、その前に残る懸念を片付ける……」

左近は告げた。

「残る懸念か……」

桂木は眉をひそめた。

「如何にも……」

左近は、小さな笑みを浮かべた。

尾張藩名古屋城の天守閣の鯱《しゃち》は、月明かりを浴びて金色《こんじき》の輝きを放っていた。

左近は、曲輪内に忍び込み、中老の平手長門の屋敷の屋根に立った。

名古屋城に尾張裏柳生の結界はなく、番士たちの見張と見廻りだけだった。

尾張藩中老の平手長門……。

尾張裏柳生の玄無斎を使って岩倉藩の隠し金山を探り出した。そして、江戸の老職の竹腰正純と通じ、隠し金山を狙って岩倉藩侵攻を企てた者だ。

此のまま放ってはおけない……。

左近は、平手屋敷に忍び込んだ。

平手屋敷は、曲輪内という事で警戒は緩かった。

左近は、平手長門の寝所に忍び寄った。

寝所には有明《ありあけ》行燈が灯され、老人が鼾《いびき》を搔いて眠っていた。

左近は、暗がりに浮かんだ。

平手長門……。

左近は、眠っている老人を中老の平手長門だと見定めた。

平手長門は、鼾を搔いて眠り続けた。

左近は、音もなく平手長門に近付いた。

平手長門は、口を開けて鼾を搔いていた。

左近は冷笑し、小さな竹筒を取り出した。

そして、小さな竹筒の中の液体を、平手の鼾を掻いている口に垂らし込んだ。
茶色の液体が、竹筒から糸を引いて開いている平手の口に垂れた。
平手は、眠ったまま口の中に垂れた茶色の液体を飲み込んだ。
喉が鳴った。
次の瞬間、平手はかっと眼を瞠《みは》り、左近を見詰めた。
左近は笑い掛けた。
平手は、何か云おうとしながら喉を引き攣らせた。
左近は、冷徹に見守った。
平手長門は、左近に秩父忍び秘伝の毒を盛られて息絶えた。
左近は、見届けて闇の中に消え去った。
名古屋城曲輪内の警固に変わりはなかった。
左近は、見張や見廻りを躱し、闇伝いに名古屋城から脱出した。
名古屋城の濠に月影は映えた。
左近は、濠端に現れて周囲を窺った。

濠端の一方の闇が僅かに揺れた。

何者かがいる……。

左近は、闇に向かって殺気を放った。

闇を揺らし、一人の武士が現れた。

「日暮左近か……」

武士は、殺気を放った。

「何者だ……」

「尾張藩目付頭水野主膳……」

武士は名乗り、身構えた。

「水野主膳か……」

「城内で何をした」

「そいつは、明日分かるだろう」

左近は苦笑した。

「おのれ……」

水野は、左近に近付きながら抜き打ちの一刀を放った。

刃風が鋭く鳴った。

左近は、大きく跳び退いた。
水野は、刀を正眼《せいがん》に構えて対峙した。
「尾張柳生流か……」
左近は、目付頭の水野主膳が尾張柳生流の遣い手だと知った。
「如何にも。柳生新陰流の道統《どうとう》を受け継ぐ尾張柳生流だ」
水野は、刀を構えて左近との間合いを詰め始めた。
「ならば、容赦は無用だな……」
左近は、無明刀を抜き払った。
無明刀は鈍色に輝いた。
水野は、地を蹴って左近に斬り掛かった。
左近は斬り結んだ。
水野の刀は鋭かった。
だが、此れ迄だ……。
左近は、大きく跳び退き、無明刀を頭上高く構えた。
天衣無縫の構えだ。
水野は、隙だらけの左近に戸惑いながらも猛然と駆け寄り、袈裟懸《けさが》けの一刀を放った。

剣は瞬速……。

無明斬刃……。

左近は、無明刀を真っ向から斬り下げた。

無明刀は残光を曳《ひ》いた。

水野は、額を斬り下げられて仰け反り、濠に転落した。

水飛沫が上がり、濠の水面に大きな波紋が広がった。

左近は消えていた。

三

愛宕下の岩倉藩江戸上屋敷は表門を閉め、警固を厳しくしていた。

編笠に着流しの侍は、相変わらず表門前に佇んで岩倉藩江戸上屋敷の様子を窺い、立ち去っていた。

手出しをしない限り、編笠に着流しの侍は家中の者に危害を加える事はなかった。

近習頭代の北島京一郎は、門番所の武者窓《むしやまど》から表門の前に佇《たたず》む編笠に着流しの侍を見守った。

編笠に着流しの侍は、今日も半刻程表門の前に佇んで立ち去って行った。

托鉢坊主が現れ、続いた。

今日も何もせずに立ち去った……。

京一郎は見送り、困惑を募らせた。


「やはり、左近さまが帰って来るのを待っているのだ」

烏坊は読んだ。

「だとしたら何者なんだ。尾張裏柳生の主だった江戸忍びは始末した筈だぞ」

猿若は首を捻った。

「さあな。柳森の嘉平の親父さんは、どう云っているんだ」

烏坊は、猿若に訊いた。

「此れから行って訊いて来ても良いが……」

猿若は、藩主榊原直孝の警固の心配をした。

「直孝さまの警固なら心配するな……」

鳥坊は告げた。

「よし。じゃあ、柳森に一《ひと》っ走りするか……」

「そうしてくれ」

鳥坊は頷いた。

猿若は、柳原通りにある柳森稲荷に走った。


神田川には、行き交う船の櫓の音が響いていた。

猿若は、神田川の南岸にある柳原通りを進み、柳森稲荷に入った。

柳森稲荷の参拝客は、鳥居の前の古道具屋や七味唐辛子売りをひやかしていた。

猿若は、露店の奥の葦簀掛けの飲み屋に入った。


「おう。来たか……」

老亭主の嘉平は、猿若を迎えた。

「親父さん、何か分かりましたか……」

猿若は尋ねた。

「そいつが、未だはっきりはしねえんだが、どうやら忍びの心得があるようだ」

嘉平は告げた。

「忍びの心得……」

猿若は眉をひそめた。

「うん。はぐれ忍びの手練《てだ》れの青海坊《せいかいぼう》に探らせているんだが、いつも後一歩の処《ところ》で撒かれてしまうそうだ」

嘉平は苦笑した。

「そうですか……」

「面目《めんぼく》ねえ。だが、必ず突き止めるぜ」

嘉平は、老顔に厳しさを過《よ》ぎらせた。

「はい。お願いします」

猿若は頼んだ。

「で、猿若、左近は未だ戻らないか……」

「ええ……」

猿若は頷いた。

「忍びの噂によると、尾張の裏柳生に何か異変があったようだぜ」

嘉平は苦笑した。

「尾張の裏柳生に……」

左近に拘わりがある……。

猿若は睨んだ。

「ああ。そいつが本当なら、おそらく誰かさんの仕業だろうな」

嘉平は、左近を匂わせた。

「ええ……」

猿若は頷いた。

その時、血の臭いが微かにした。

猿若と嘉平は、葦簀の外を見た。

托鉢坊主が、葦簀の外から倒れ込むように入って来た。

「青海坊……」

嘉平は、慌てて倒れ込んだ托鉢坊主の青海坊に駆け寄った。

猿若は葦簀の外に飛び出し、辺りに不審な者を捜した。

柳森稲荷には参拝客が出入りし、露店をひやかしていた。

猿若は、柳森稲荷の鳥居の陰から編笠に着流しの侍が柳原通りに出て行くのに気が付き、追った。

猿若は、柳原通りに走り出た。

柳原通りには多くの人が行き交っていた。

猿若は現れ、編笠に着流しの侍を捜した。

だが、編笠に着流しの侍は、通りの何処にもいなかった。

逃げられた……。

猿若は、嘉平の葦簀掛けの店に駆け戻った。

葦簀掛けの店では、嘉平が青海坊の背中の刀傷の手当てをしていた。

猿若は駆け戻った。

「どうした」

「編笠に着流しの侍に逃げられました」

「そうか……」

「で……」

猿若は、気を失っている青海坊を見た。

「尾行に気が付かれ、逃げようとしたところを背後から袈裟に斬られたようだ」

青海坊は、それだけを云って意識を失っていた。

嘉平は、青海坊の手当てを終えた。

「で、此処に逃げ込んで来ましたか……」

猿若は睨んだ。

「きっとな……」

嘉平は頷いた。

「大丈夫ですか……」

猿若は、青海坊を心配した。

「急所は外れているが、かなりの深手だ。今晩が勝負だ……」

「助かると良いですね」

「ああ……」

葦簀越しに差し込む夕陽は、厳しい面持ちで頷く嘉平の老顔を赤く照らした。

猿若は、岩倉藩江戸上屋敷に戻った。

藩主榊原直孝は、北島京一郎と烏坊に護られていた。

「嘉平さんの仲間が……」

鳥坊は眉をひそめた。

「うん……」

猿若は頷いた。

「ああ。編笠に着流しの侍の仕業か……」

「猿若、編笠に着流しの侍は、柳森稲荷の鳥居の陰にいた。間違いない……」

「猿若、編笠に着流しの侍は、後を尾行《つけ》て来る青海坊さんが誰の指図で動いているのか突き止める為、殺さなかったのかもしれない」

「何だと……」

鳥坊は読んだ。

猿若は緊張した。

「そして、嘉平さんを知ったとなると……」

「嘉平さんが危ないな……」

「うん……」

鳥坊は頷いた。

「よし、ちょいと行って来る……」

猿若は、再び岩倉藩江戸上屋敷を出て夜の町を走った。

柳原通りを行き交う人は途絶えた。

柳森稲荷前の露店は既になく、葦簀張りの嘉平の店だけが明かりを灯していた。

嘉平の店には、数人の男たちが賑やかに安酒を飲んでいた。

柳原通りの闇が揺れた。

編笠に着流しの侍が、揺れる闇の中から浮かぶように現れた。

嘉平の店から男たちの笑い声が響いた。

編笠に着流しの侍は、足音も立てずに嘉平の店に向かった。

刹那、空《くう》を切る音が短く鳴った。

編笠に着流しの侍は、素早く身を沈めた。

煌めきが、身を沈めた編笠に着流しの侍の頭上を飛び去った。

木立に突き刺さった煌めきは、手裏剣だった。

編笠に着流しの侍は、静かに立ち上がって辺りに殺気を放った。

葦簀掛けの店で安酒を飲んでいる男たちが、賑やかな笑い声をあげた。

殺気に反応しない……。

店で酒を飲む男たちは、只の客なのだ。
編笠に着流しの侍は、柳森稲荷の鳥居に向かった。
鳥居の陰から手裏剣が放たれた。
編笠に着流しの侍は、刀を抜き放って手裏剣を弾き飛ばし、鳥居の陰に走った。
小さな黒い影が、鳥居の陰から跳んだ。
編笠に着流しの侍は、追い縋《すが》って鋭く斬り付けた。
小さな黒い影は、大きく転がって躱した。
編笠に着流しの侍は、追い縋って二の太刀を放った。
小さな黒い影は、身軽に躱し続けて柳森稲荷の境内に逃げ込んだ。
編笠に着流しの侍は、小さな黒い影に間断なく斬り付けた。
小さな黒い影は、柳森稲荷の境内を跳び廻った。
編笠に着流しの侍は追った。
小さな黒い影は、不意に向きを変え、苦無を構えて地を蹴った。
編笠に着流しの侍は、咄嗟に跳び退いて躱した。
小さな黒い影は、編笠に着流しの侍と交錯して振り返った。

刀の鋒《きつさき》が輝いた。

小さな黒い影は忍び姿の嘉平であり、本殿の階《きざはし》で凍て付いた。

編笠に着流しの侍が、嘉平の眼前に刀を突き付けていた。

「日暮左近とどのような拘わりだ」

編笠に着流しの侍は、嗄《しやが》れ声で訊いた。

「さあて、知らないな……」

嘉平は、苦笑して惚《とぼ》けた。

「ならば、用はない……」

編笠に着流しの侍は、突き付けた刀で嘉平を刺そうとした。

刹那、本殿の屋根から忍びの者が手槍を構えて跳び下りて来た。

編笠に着流しの侍は、咄嗟に刀を頭上に一閃した。

忍びの者は、編笠に着流しの侍に手槍を投げ、身軽に宙を回転して跳んだ。

編笠に着流しの侍は、頭上からの手槍を跳び退いて躱した。

嘉平は、本殿の階から逃げた。

忍びの者が着地し、編笠に着流しの侍に手裏剣を投げ、嘉平に続いた。

「おのれ……」

編笠に着流しの侍は、腹立たし気に逃げた嘉平と忍びの者を見送った。

神田川の流れに月影は揺れた。

嘉平と忍びの者は、柳森稲荷の裏、神田川の河原に逃れた。

河原には虫の音が響き、殺気はなかった。

嘉平は、激しく息を乱していた。

「大丈夫か、親父さん……」

忍びの者は、覆面を取って顔を見せた。

猿若だった。

「ああ。助かったよ、猿若……」

嘉平は苦笑した。

「うん。間に合って良かったよ」

猿若は安堵した。

「野郎、青海坊に止《とど》めを刺さず、俺の処に案内させやがった……」

嘉平は読んでいた。

「うん。で、あいつ親父さんの命を狙っただけなのかい……」

「いや。野郎の狙いは、左近だ……」

嘉平は告げた。

「やっぱり……」

猿若は、喉を鳴らした。

「ああ……」

嘉平は頷いた。

「あっ……」

猿若は、柳森稲荷の向こうに小さな火の手が上がったのに気が付いた。

「野郎、俺の店に火を付けやがった……」

嘉平は睨んだ。

「店に……」

「ああ。ま、屋台と葦簀だけの店だ。火を付けられてもどうって事ねえが、只酒を喜んで飲んでいたお客に怪我がなきゃあ良いんだが……」

嘉平は、編笠に着流しの侍の襲撃を読み、食い詰め者に店の酒を只で振舞い、賑わいを作って待ち構えていたのだ。

屋台と葦簀は直ぐに燃え尽きたのか、火の手は直ぐに治まった。

「何《いず》れにしろ、此のままじゃあ済ませねえ。はぐれ忍びの恐ろしさをみせてやる」

嘉平は、怒りを滲ませた。

四

愛宕下岩倉藩江戸上屋敷は、下城して来た藩主榊原直孝を迎えて表門を閉じた。

近習頭代の北島京一郎は、烏坊や猿若と藩主榊原直孝の警固を解いた。

烏坊と猿若は、裃《かみしも》を脱いだ榊原直孝の密かな警固に就いた。

近習頭の桂木左馬之助が、国許である美濃国岩倉藩から帰って来た。

「何、左馬之助が帰って来ただと……」

藩主榊原直孝は、顔を輝かせた。

「はい。只今、お目通りの仕度をしております」

北島京一郎は報せた。

「うむ……」

榊原直孝は頷いた。

半刻後、桂木左馬之助は御座之間に伺候《しこう》し、直孝に拝謁《はいえつ》した。

「御苦労だったな、左馬之助……」

直孝は、江戸家老の宮本嘉門と桂木左馬之助を迎えた。

京一郎は控え、烏坊と猿若は直孝の背後の警固に就いた。

「先程、岩倉から戻りました。此れが国家老早川織部さまから殿への書状にございます」

桂木左馬之助は、早川に託された書状を差し出した。

京一郎が受け取り、直孝に差し出した。

「うむ……」

直孝は、早川の書状を読み始めた。

桂木は、直孝の反応を見守った。

書状には、隠し金山の崩落、金は充分に掘り出した事などが書き記されている筈だ。

直孝は、顔色も変えずに読み終えた。

「左馬之助、隠し金山が崩落したか……」

「はい。坑道を始め、何もかも潰れましてございます」

桂木は、直孝を見詰めた。

「な、何と、隠し金山が崩落したと……」

宮本嘉門は驚いた。

「はい。坑道の奥に水が出たようで、柱や梁《はり》が外れ、一気に崩れ……。幸いにも崩れたのは夜、金掘人足に犠牲者が出ずに済みました」

「それは良かったが……」

宮本は、白髪眉をひそめた。

「宮本さま。金は既に充分に掘り出してあり、此れで尾張藩の執拗《しつよう》な攻撃も終わるでしょう」

桂木は告げた。

「そうか。尾張との暗闘が終わるか……」

直孝は、安堵を微かに浮かべた。

「はい。此れで、此れ以上、家臣を死なせずに済みます」

桂木は、直孝を見詰めて告げた。

「死なせずに済むか……」

直孝は呟《つぶや》いた。

「はっ、左様にございます」

桂木は頷いた。

「うむ。宮本、此れで尾張藩との暗闘が終わるなら、隠し金山の崩落も良いではないか……」

直孝は云い放った。

「は、はい……」

宮本は頷いた。

「御苦労であった、左馬之助。国許の事、後刻、ゆっくり聞かせて貰う」

直孝は微笑んだ。

「ははっ、心得ましてございます」

桂木は平伏した。

日暮左近は、大名小路から岩倉藩江戸上屋敷のある佐久間小路に進んだ。

行く手に岩倉藩江戸上屋敷が見えた。

左近は、怪訝な面持ちで立ち止まった。

岩倉藩江戸上屋敷の表門前に異様な気配が漂っていた。

何だ……。

左近は、岩倉藩江戸上屋敷の裏に廻り、辺りを窺った。

異変も殺気もない……。

左近は見定め、岩倉藩江戸上屋敷に素早く忍び込んだ。

藩主榊原直孝が奥の居間にいる時、烏坊と猿若は武者隠しに忍んで警固をしていた。

「変わりはないか……」

左近が現れた。

「左近さま……」

烏坊と猿若は、思わず声をあげた。

「静かに……」

左近は苦笑した。

「は、はい……」

烏坊と猿若は、声を呑み込んだ。

「表に異様な気配があった、何事だ……」

左近は囁いた。

「はい。いろいろありまして……」

烏坊は眉をひそめた。

「いろいろ……」

「はい。編笠に着流しの侍が左近さまを捜しています」

烏坊は告げた。

「編笠に着流しの侍……」

左近は眉をひそめた。

「はい。それで柳森の嘉平の親父さんに探って貰ったら、はぐれ忍びの青海坊さんが斬られ、嘉平の親父さんも命を狙われ、店を焼かれました」

猿若は告げた。

「なに……」

左近は、厳しさを滲ませた。

「それで、嘉平の親父さんが息の掛かったはぐれ忍びに、編笠に着流しの侍を捜せと触れを廻しましてね。此の上屋敷の表門前にもいろんな流派のはぐれ忍びが来ています」

鳥坊は報せた。

「そうだったのか……」

左近は、表門前に漂う異様な気配の理由を知った。

「して、編笠に着流しの侍は……」

左近は尋ねた。

「それが、はぐれ忍びを警戒してか、近頃は現れないのです」

鳥坊は首を捻った。

「そうか。編笠に着流しの侍か……」

「はい。忍びの心得もあるようです」

猿若は告げた。

「忍びの心得か……」

「はい。何者か、心当たりは……」

「さあな。それより嘉平は……」

「柳森稲荷です……」

「柳森稲荷……」

「はい。来るなら来てみろと……」

「そうか……」

左近は苦笑した。

柳森稲荷の鳥居の前には、古着屋、古道具屋、七味唐辛子売りなどの露店が並び、参拝帰りの客がひやかしていた。

そして、露店の奥には真新しい葦簀を掛けた屋台の飲み屋があった。

焼かれた店は、既に新しくなっていた。

流石《さすが》は葦簀掛けの店だ……。

左近は苦笑し、新しい嘉平の店の周囲を窺った。

参拝客、飲み屋の客、露店をひやかす客……。

そうした客の中には、嘉平の息の掛かったはぐれ忍びが紛れ込んでいた。

嘉平も充分に警戒している……。

左近は、ゆったりとした足取りで嘉平の葦簀掛けの店に向かった。

警戒をしているはぐれ忍びの者たちは、緊張した面持ちで左近を窺った。

左近は、真新しい葦簀張りの店に入った。

「邪魔をする……」

左近は、葦簀掛けの店に入った。

酒を飲んでいた浪人と人足は、何気なく身構えた。

「おう。帰ったか……」

嘉平が現れた。

「うむ。いろいろ面倒を掛けたようだな」

左近は詫びた。

「いや。聞いたと思うが、編笠に着流しの侍、はぐれ忍びを嘗《な》めやがって、許せねえ」

嘉平は、怒りを滲ませた。

「して、何者か分かったのか……」

「そいつがなかなか……」

嘉平は、老顔の皺《しわ》を深くした。

「そうか……」

「おそらく、岩倉藩江戸上屋敷か此処を見張り、お前さんが現れるのを待っている筈だ」

嘉平は告げた。

「ならば、一廻りしてみよう」

左近は云い放った。

「己を餌にして誘《おび》き出すか……」

嘉平は、左近の腹の内を読んだ。

「うむ。捜すより手間は掛からぬ……」

左近は、小さく笑った。

「そいつは構わないが、はぐれ忍びが影供《かげとも》をし、編笠に着流しの侍が現れたら、先ずは俺たちが襲い掛かっても良いかな……」

嘉平は笑った。

「そいつは構わぬが……」

はぐれ忍びが先に闘ってくれれば、編笠に着流しの侍の腕と正体が分かるかもしれない。

左近は頷いた。

「そうか。よし、江戸のはぐれ忍びの恐ろしさ、思い知らせてやる」

嘉平は、老顔を嬉し気に崩して勢い込んだ。

「よし。ならば……」

左近は苦笑した。

柳原通りを神田八つ小路に抜け、神田川に架かっている昌平橋《しょうへい》を渡り、明神《みょうじん》下《した》の通りを不忍池《しのばずのいけ》に行く。

左近は、道筋を決めて嘉平に告げた。

「分かった……」

嘉平は頷き、はぐれ忍びの手配りをした。

よし……。

左近は、嘉平の店を出て柳原通りに向かった。

はぐれ忍びたちの視線を感じながら……。

柳原通りは、柳の並木が緑の枝葉を揺らし、人々が行き交っていた。

左近は、落ち着いた足取りで神田八つ小路に向かった。

研ぎ澄ませた五感を周囲に向け、幾つかの視線を感じながら進んだ。

お店者、浪人、人足、職人、托鉢坊主、行商人……。
幾つかの視線に殺気はなかった。
はぐれ忍び……。
左近は、殺気のない視線の主を嘉平の仲間のはぐれ忍びだと読んだ。
神田八つ小路は多くの人が行き交い、賑わっていた。
左近は、神田八つ小路を抜けて神田川に架かっている昌平橋に差し掛かった。
殺気……。
左近は、己を窺う視線に微《かす》かな殺気を感じた。
それは、昌平橋から新たに加わった視線だった。
左近は、それとなく後から来る者に編笠に着流しの侍を捜した。
だが、編笠に着流しの侍の姿はなかった。
左近は、明神下の通りを不忍池に進んだ。
殺気は断続的に続いた。
左近に対するそうした殺気は、既にはぐれ忍びたちも感じ取っている筈だ。
嘉平たちはぐれ忍びは、左近に対して殺気を放つ者を突き止めているのかもしれない。
何れにしろ、不忍池の畔《ほとり》で仕掛ける。
左近は、不忍池に進んだ。
不忍池は水鳥が遊び、幾つかの波紋が煌めきながら広がっていた。
左近は、不忍池の畔を進んだ。
殺気が襲い掛かった。
左近は、咄嗟に木立の陰に隠れた。
十字手裏剣が飛来し、左近の隠れた木の幹に突き立った。
左近は、十字手裏剣を抜いて一方の繁みに投げ返した。
十字手裏剣は繁みに跳び、編笠に着流しの侍が現れた。
左近は、編笠に着流しの侍を見据えた。
「日暮左近か……」
編笠に着流しの侍は、嗄れ声を嬉しそうに弾ませた。
「何者だ……」
左近は訊いた。

次の瞬間、様々な手裏剣が四方から編笠に着流しの侍に投げられた。

はぐれ忍び……。

着流しの侍は、編笠を取って振るった。

編笠は、四方から飛来する手裏剣を叩き落とした。

その顔は尾張裏柳生の忍び、如月兵衛だった。

如月兵衛……。

編笠に着流しの侍は、左近が築地の尾張藩江戸下屋敷の屋根で斬り、江戸湊に落ちた如月兵衛だった。

生きていたのか……。

左近は、はぐれ忍びと闘う如月兵衛を見守った。

妙だ……。

左近は、微かな違和感を覚えた。

太刀筋と身のこなしが、何となく左近の知る如月兵衛とは違うようなのだ。

だが、顔は如月兵衛に違いない。

左近は、微かな困惑を感じながら、如月兵衛らしき者と、はぐれ忍びの闘いを見守った。

はぐれ忍びは、嘉平の眼に適《かな》った者たちであり、手練れだった。だが、如月兵衛らしき者の刀は鋭く、はぐれ忍びたちは攻め倦《あぐ》んだ。

此れ以上は無理だ……。

左近は読んだ。

その時、指笛が短く鳴った。

はぐれ忍びたちは、一斉に退いた。

流石に嘉平だ。潮時を知っている……。

左近は苦笑し、如月兵衛らしき者の前に進み出た。

如月兵衛らしき者は、左近に対して刀を構え直した。

「尾張裏柳生の如月兵衛か……」

左近は、兵衛らしき者を見据えた。

「違う……」

兵衛らしき者は、嘲りを浮かべて首を横に振った。

「違う……」

左近は戸惑った。

「ああ……」

「ならば。何者だ……」

「如月権兵衛《ごんべえ》……」

兵衛らしき者は名乗った。

「如月権兵衛……」

左近は戸惑った。

「ああ。兵衛の陰に隠され、影のように生きて来た名無しの権兵衛……」

権兵衛と名乗った男は、己を嘲笑《あざわら》うような笑みを浮かべた。

「如月兵衛の兄弟か……」

左近は睨んだ。

「ああ。兵衛を斬り棄てた日暮左近がどのような者か知りたくてな」

権兵衛は笑った。

「知ってどうする……」

左近は眉をひそめた。

「斃《たお》す……」

権兵衛は云い放った。

「斃して、如月兵衛の恨みを晴らすか……」

左近は読んだ。

「違う……」

権兵衛は苦笑した。

「違う……」

左近は、思わず訊き返した。

「ああ。日暮左近を斃し、兵衛より俺の方が腕が立つのをはっきりさせたいだけだ」

権兵衛は、眼を輝かせて楽し気に告げた。

血迷っている……。

左近は、権兵衛の眼の輝きをそう睨んだ。

「ならば、いざ……」

権兵衛は、刀を下げて無造作に左近に近付いた。

左近は飛び退いた。

刹那、権兵衛は猛然と左近に斬り掛かった。

左近は、無明刀を鋭く抜き払った。

刃が嚙み合い、火花が飛び散った。

左近と権兵衛は、激しく斬り結んだ。

権兵衛の太刀筋は、外連味《けれんみ》のない豪快なものだった。

如月兵衛とは確かに違う……。

左近は、大きく跳び退いた。

「臆したか、日暮左近……」

権兵衛は、嘲笑を浮かべた。

此れ迄だ……。

左近は、無明刀を頭上高く構えた。

天衣無縫の構えだ。

左近は、全身を隙だらけにした。

権兵衛は、嘲笑を浮かべたまま猛然と左近に走った。そして、刃風を鋭く鳴らして左近に斬り掛かった。

剣は瞬速……。

無明斬刃……。

左近は、無明刀を真っ向から斬り下げた。

閃光が飛び交い、左近と権兵衛は交錯した。

左近は、残心の構えを取った。

「日暮左近……」

権兵衛は、額から血を流し、感心したように頷いて横倒しに倒れた。

左近は、無明刀を一振りした。

鋒から血が飛んだ。

左近は、権兵衛を見下ろした。

「終わったな……」

嘉平が現れた。

「ああ……」

はぐれ忍びの者たちが現れ、権兵衛の死体を運んで行った。

「尾張裏柳生の如月兵衛、双子だったのか……」

嘉平は眉をひそめた。

「良く分からぬが、幼い頃から兵衛の陰で生きて来たようだ……」

権兵衛の本名、素性、育ちは何も分からない。分かったのは、権兵衛の世界には如月兵衛しかいない事だけだった。

左近は、不忍池を眺めた。

不忍池は煌めいた。

左近は、眩し気に眼を細めた。


美濃国岩倉藩は、隠し金山を失った替わりに平穏を取り戻した。

「まこと世話になった……」

藩主榊原直孝は、日暮左近に礼を述べて革袋に入れた碁石金を差し出した。

左近は受け取り、烏坊と猿若に渡した。

「此の碁石金はお前たちの働きに対する報酬だ。此れを持って秩父に帰るが良い。陽炎や小平太、螢《ほたる》が心配して待っているぞ」

左近は笑い掛けた。

「左近さま……」

「良く働いてくれたな……」

左近は誉めた。

「ありがとうございます」

烏坊と猿若は、名残《なごり》惜しそうに碁石金の入った革袋を持って秩父に帰って行った。

左近は見送った。

江戸の町は賑わっていた。

日暮左近は、日本橋馬喰町の公事宿『巴屋』に向かった。

出入物吟味人として……。

光文社文庫

文庫書下ろし／長編時代小説

影《かげ》　忍《しの》　び　日暮《ひぐらし》左近《さこん》事件帖《じけんちょう》

著　者　藤《ふじ》　井《い》　邦《くに》　夫《お》

2022年 6 月20日　初版 1 刷発行

発行者　鈴　木　広　和
印　刷　萩　原　印　刷
製　本　フォーネット社

発行所　株式会社　光　文　社
〒112-8011　東京都文京区音羽1-16-6
電話（03）5395-8149　編　集　部
8116　書籍販売部
8125　業　務　部

ISBN978-4-334-79379-1　Printed in Japan

組版　萩原印刷